JN252422

いばら姫に最初のキスを

目次

いばら姫に最初のキスを

1

高砂《たかさご》の金屏風《きんびょうぶ》の前に、白無垢《しろむく》姿の花嫁が座っている。角隠《つのかく》しと俯《うつむ》いているせいで赤い唇しか見えないから、その表情はわからない。その隣で満足げな顔をして座っている新郎は、彼女の父親と同じくらいの年齢に見えた。

六月最後の日にジューン・ブライドとなった新婦は、わたし麻生雛子《あそうひなこ》の友人だ。ただ、友人と言えるほどの付き合いはない。本当の親友、京極綾女《きょうごくあやめ》の言葉を借りれば、わたしたちは〝ご学友〟と言うらしい。

私立聖女学院《せいじょがくいん》。巷《ちまた》では秘密の花園と噂され、良家の女子しか入学できないと言われている、幼稚園から大学までの一貫校。

カトリックの教えを教育方針に掲げ、学業とは別に調理や裁縫《さいほう》、茶道《さどう》に華道《かどう》、あらゆる作法を徹底的に学ぶことになっている。要は良妻賢母に育てることをモットーとした学校だ。

その卒業生の多くは、旧家や大手企業の経営者たちのもとに嫁いでいく。聖女学院の卒業生を妻に持つことは、ステータスの一種だそうだ。事実、大学を卒業して二年経った今では、〝ご学友〟の多くはすでに今日のような政略結婚で嫁いでいた。

わたしにもこれまでお見合い話がなかったわけではない。いや、実を言えば卒業する前から話だけはたくさんあった。そのすべてをわたしは片っ端から断っている。

……まあ半分以上は兄も関わっているはずだけれど。

小さな頃の夢はお嫁さんだったし、結婚してもそれなりにやっていけるだろう……とは思う。ただし、料理と裁縫《さいほう》はからきしで、シスターに何度やり直しさせられても、卵焼きも、スモックもまともに完成しなかったけれど。

『あなたは将来、家事を他の方にしていただいた方がよろしいでしょう』

焦《こ》げを通り越して炭《すみ》のようになった卵焼きとボロ雑巾《ぞうきん》みたいなスモックを見ながら、心底呆れた顔をしたシスターの顔は今でもよく覚えている。

でも、お見合い結婚を躊躇《ちゅうちょ》しているのはそれが理由じゃない。要は、わたしはまだ恋すらしていないのだ。幼稚園から大学まで、まわりにいるのは女性ばかりで、登下校は送迎が必須。これまで一人で出歩いたことは、ごく近所以外ほとんどない。時々、綾女に連れられて外出することがあるくらい。親しく話せる男性は父親と兄、そして神父様と近所のおじさんくらいだ。

二十四歳になっても、わたしの世界は狭すぎるくらいに狭い。

学生の頃、同級生が貸してくれたロマンス小説や漫画をこっそり読みながら、空想の中で白馬の王子様に恋をした。それなのに、いきなりお見合いで結婚するなんて考えられない。

確かにそれでも愛が芽生える可能性はあるし、幸せになれるかもしれない。だから、これまで嫁いでいった学友たちを否定はしない。

でもわたしは、本当の恋がしてみたい。そして結婚するなら自ら好きになった方としたい。ただ、その方法がいまだにわからないだけだ。

「雛子様、今日のお召し物、とても素敵ですわ」

隣に座っている女性がはにかむように笑った。彼女も同じ学校の卒業生で、二つ年下の後輩だ。

「どうもありがとう」

微笑みを返しながら、そっと胸元に手をやり深呼吸をする。ダメダメ、すぐにトリップしてしまうのはわたしの悪いクセだ。

普段から着慣れているとはいえ、洋服に比べると着物は苦しい。しかも今日は結婚式なので、母が張り切って大振袖《おおふりそで》を着せてくれた。

目の覚めるような赤い生地に色鮮やかな花車《はなぐるま》が刺繍《ししゅう》された着物と、金色の総刺繍の帯は、重量もそれなりにある。かんざしや髪飾りで結い上げた頭も重い。

着物も小物もたくさん持っている。なぜなら、わたしの実家は江戸時代から続く老舗《しにせ》の呉服屋だからだ。屋号は麻生《あそう》呉服店。都心の真ん中にあり、店は兄が継《つ》ぐことになって、わたしはそこで事務仕事を手伝っている。

実はそれも不満の種だった。一般企業に就職しようとしたわたしを、〝雛子には無理だから〟と両親と兄が全力で止めたのだ。それに屈してしまった自分も情けなく、だから尚更日々悶々《もんもん》としている。

「雛子様、この後の二次会にはご参加なさいます？」

先ほどの後輩が言った。これまで幾度《いくど》も結婚式に招待されたけれど、二次会に参加したことはない。なぜなら……

「あら、雛子様はそろそろお兄様がお迎えに来る頃合よね？」

かなり嫌味っぽい声が同じテーブルから聞こえた。ちらりと目をやると、同級生の一人、野島麻《のじまま》紀《き》様がフフンと笑っている。

彼女は高等部から編入してきた同級生で、編入早々、わたしが彼女の机の中にカエルを入れたことをずーっと根に持っている。

外部編入生に、マリア様の銅像前の池のカエルを贈るのは、聖女《せいじょ》の伝統だと綾女に騙されたせいなのだから、恨むなら綾女を恨んで欲しいのに。

「雛子様は聖女の〝いばら姫〟と呼ばれるお方ですもの。そのような集まりに、出られるはずがないわ」

麻紀様の言葉に後輩は納得した様子で頷いているけれど、馬鹿にされているように感じるのは気のせいではない、と思う。

そのとき、凛《りん》とした声が隣から聞こえた。

「そうね、昔から雛子のお兄様は鉄壁の要塞。まるで眠り姫を守るいばらのようだもの。麻紀様のおっしゃる通り、雛子はいばら姫の名にふさわしいわ」

テーブルに座っている全員の目が集まると、彼女はそれを受けて艶《あで》やかに微笑んだ。真っ赤なドレスを着た彼女は、輝くばかりに美しい。後輩は頬を染め、嫌味な麻紀様も押し黙るほどだ。

京極綾女。京極グループという大企業の一人娘で、誰もが振り返るほどの美女だ。学生時代、一部の後輩から〝白百合《しらゆり》の君〟とか呼ばれていたっけ。

わたしを〝いばら姫〟と名付けたのも実は彼女だった。

小学生の頃、どうやったら白馬の王子様と恋ができるのかと綾女に聞いたら、

「雛子はお兄様の作ったお城の中で眠って待ってればいいのよ、眠り姫みたいに。ああでも、雛子の性格から言ったらいばらの方が合ってるわね」

と、それ以来、半ばからかうように綾女はいばら姫と呼ぶようになった。

そしてその理由も知らぬまま、学院の生徒たちにいばら姫の名が広がったのだ。棘《とげ》が多いのは綾女の方だと思うのに。

綾女は表向きは華やかながらも、清楚に見える美女だけど、内面はかなりの毒舌家だ。幼稚園の入園式で泥団子《どろだんご》をぶつけ合ったときから、わたしと綾女は親友になった。彼女の外見とは正反対な性格を誰よりもよく知っているのは、わたしだ。

わたしが恨みがましく綾女を見る中、彼女はちらりとも視線をよこさず話し出した。

「思い起こせば中学部の頃、シスター大原《おおはら》の目を盗んで、二階から木を伝って下まで降りる姿は、まるでラプンツェルのようだったわね」

懐かしむように話す綾女だけど、その話には当然ながら裏がある。

シスター大原は大勢いるシスターの中で一、二を争う厳格さを持つ、家庭科の先生だった。その厳しい授業の最中、わたしは綾女とある賭《か》けをしたのだ。

シスターに見つからず、窓のすぐ下にある花壇の花を取って来られたら、当時わたしが苦労していた課題のブラウスを代わりに縫ってくれるというものだった。

そのブラウス制作のおかげで連日悪夢を見ていた当時のわたしは、その賭けに飛びつき、実行し、今思えば当然だけどシスターに見つかり大目玉をくらったのだ。

被服室前の廊下がその後数年にわたってピカピカに輝いていたのは、そのときの懲罰《ちょうばつ》の賜物《たまもの》だ。

「そう言えば、調理実習で作ったクッキーを喉《のど》に詰まらせて倒れたこともあったわね。あのときは白雪姫のようだったわ」

ええ、そのこともよく覚えていますとも。綾女の作ったクッキーを食べて、口の中の水分を全部持っていかれて苦しんだこと。大慌てでシスターがお水を持ってきてくださった隣で、綾女が大笑いしていたことも。

まあ、その後わたしの作った消し炭《ずみ》のようなクッキーを彼女に食べさせて仕返しはちゃんとしたけれど。

綾女の話に後輩は頷き、麻紀様は微妙な表情を浮かべている。彼女は途中編入なので、そのときの話は知らないのだ。まったく、フォローされたのか、けなされたのか、微妙なところだ。

わたしたちのテーブルが妙に盛り上がる中、披露宴は滞《とどこお》りなく終わった。二次会に出るという人たちは移動を始め、このまま帰るわたしと綾女は新婦にあいさつをして、大広間を出てホテルのロビーまで一緒に行った。

「お兄様はまもなく？」

綾女の言葉に自分の時計を見る。

「そうね、予定より少し早めに終わったから、ここで待つことにするわ」

そう答えてロビーの大きなソファに座った。綾女が入り口に視線を向けたのにつられてわたしも見ると、ちょうど真っ赤な車が停まったところだ。

「では、わたしは先に行くわ。じゃあね、雛子」

赤いドレスを翻《ひるがえ》して、綾女が颯爽《さっそう》と歩いていく姿を見送った。真っ赤な車から背の高い男性が降りてきて、彼女のためにドアを開ける。

綾女にはボーイフレンドがたくさんいる。しかもその方々は恋人ではないというのだから、ますます理解できない。

そして彼女は、自分自身で選んだ仕事をしている。そこは京極グループとはまったく関係のない会社だった。

綾女とわたしの違いはいったいなんなのだろう。性格の違いはあれど、同じ環境でずっと育ってきたはずなのに、綾女はわたしよりもずっと自由だ。

彼女がさっき言ったみたいに、わたしのからだは、いばらでぐるぐる巻きにされている。それはまるで繭《まゆ》のようにわたしをくるみ、その中は、決して認めたくないけれど心地よかった。

このままではいずれ、さっきの学友のように、両親と兄が認めた男性と、ちっとも幸せそうに見えない結婚式をあげることになるかもしれない。それだけは絶対に嫌だ。

お話の中のいばら姫は、百年のまどろみを王子様のキスで終えた。でも現実の世界でそんなことはまず起こらない。

わたしももう二十四歳。これからの人生は自分の力で切り開きたい。このいばらを切るのは王子様の役目じゃない、わたし自身でなければ。

「おや、きみは新婦のご学友じゃないか？」

わたしの物思いを破ったのは、陽気な声だった。

顔を上げると、赤ら顔をした中年男性がニヤけた顔をして目の前に立っていた。服装とさっきの言葉から考えると、先ほどの結婚式の出席者なのだろう。

新郎と同年代だと思われるその男性がわたしの隣に断りなく座ると、微《かす》かにお酒の匂いがした。とたんに嫌悪感に襲われる。ああ、絶対に無理だ。

「さすがは聖女学院出のお嬢様だ。大層なべっぴんだねぇ」

その人が手を伸ばしてきた。とっさに身を引くと下品な笑い声を上げた。

「初々《ういうい》しいとはこのことだ」

その手がさらに迫ってくる。着物の袖がからまって立ち上がれない。そのままじりじりとソファの端まで移動し、恐怖で固まってしまった。と、わたしの後ろから急に腕が伸びてきて、酔っ払い男性の腕を掴んだ。とたんに男性の顔が歪《ゆが》む。

驚いて振り返り見上げると、とても背の高い男性が目に入る。

そしてその方を見た瞬間、文字通り時間が止まった気がした。

恐ろしいほど素敵な人だ。彫りの深い端整な顔立ち、短く刈り込んだ髪の色は灰色に近く、そして瞳は海のような鮮やかな青。

すらりとしたスーツ姿なのに、まるで騎士のようにも見える。

こんな素敵な男性はこれまで見たことがなかった。こんなに見つめるのははしたないと思うのに目が離せない。胸がドキドキと高鳴るのがわかる。目がおかしくなったのかと思うくらい、その方がキラキラと輝いて見えた。

ぽかんと口を開けたままわたしが見ていると、その方が目の前の男性に顔を寄せ何かをささやく。次の瞬間、男性は急に立ち上がって、転がるようにホテルから出て行った。

それを目で追い、ホッとするのと同時に振り返ると、助けてくださったあの方も立ち去ろうとしていた。

「あ、あのっ」

ソファから立ち上がり声を掛けると、彼が振り返った。

ああ、なんて素敵な人なのだろう。

彼は驚くほどハンサムで、そして、やっぱり背が高い。首が痛くなるほど顔を上げて、改めて彼の顔を見た。

どこの国の方なのだろう。じっと見つめ返してくる青い瞳からは何も読み取れないけれど、その背中から後光が差しているかのようにまぶしかった。

呼び止めたくせに、胸がいっぱいになってお礼の言葉ひとつ出ない自分が情けない。

「雛子！」

呼ばれた声に弾かれたように振り返ると、兄がロビーに入ってきたところだった。

「兄様」

「遅くなって悪かったな。さあ帰ろう」

兄はわたしの荷物を持つなり、促《うなが》してくる。慌ててまた振り返ると、先ほどの彼はすでにどこかに去ってしまっていた。

ああ、そんな。まだお礼の言葉すら言っていないのに。

自分でも驚くほどがっかりしながら、迎えの車に乗りこむ。

兄と結婚式の他愛ない話をしながらも、あの方の青い瞳が目に焼きついて離れない。胸のドキドキがまだ治まらない。それがさっきの恐怖のせいなのか彼のせいなのか、それすらもわからない。

こんなことは初めてだ。

そして、髪につけていたお気に入りのかんざしがなくなっているのに気がついたのは、家に帰ってからだった。

2

結婚式から数日が過ぎたけれど、わたしの頭の中にはあの青い瞳の男性がずっといた。日々、思い出すのはあのときのことで、そういう意味では実家で働いていることも悪くない。ぼんやりしていても、誰にも何も言われないからだ。

……いや駄目だ、こんなことでは。自分の人生は自分で切り開こうと決意したんだもの。

わたしは、後ろ髪を引かれる思いで彼のことを振り切ると、事務所兼居間で頼まれていた伝票整理を終えた。それから階下にある店に顔を出すことにした。

呉服屋は大きな道路に面した四階建てのビルの一階にある。二階は倉庫と特別なお客様用の応接室、三階と四階が自宅で、居住スペース兼事務所になっている。

裏口から店の中を覗くと、ちょうどお得意様がいらしていて、父が接客をしているところだった。手前で反物《たんもの》をチェックしている兄を小声で呼んだ。

「どうした？　雛子」

やってきた兄をお得意様から見えない奥に引き込む。

「兄様、わたし、もっとお仕事がしたいの。お店に出てもいい？」

わたしがそう言うと、とたんに兄が渋い顔をした。

兄の名は麻生一矢《かずや》、歳は三十二歳。イケメンだとみんなは言うけれど、いまだ独身で、恋人がいるという話も聞いたことがない。

八つも歳が離れているせいか、小さな頃からわたしを本当に可愛がってくれた。宿題も一緒にしてくれたし、免許を取ってからは学校の送り迎えもしてくれた。

感謝はしているけれど、限度というものがある。両親もそこそこ過保護だと思っているけれど、兄は確実にその上だ。兄はわたしが働くことすらよしとしない。

「店は駄目だ。この前お客様の前で反物にお茶をこぼしたのを忘れたのか？」

忘れてた。でもあれはちょっと手が滑っただけだ。

「なら別のことでもいいわ。お使いとかない？」

「ない。それより伝票整理は終わったのか？　それが終わったなら今日はもういいよ」

兄はそう言うと、さっさと店に戻ってしまった。今日はもういいって、まだお昼過ぎなのに……

すごすごと上に戻り、もう一度だけ伝票を確認してから、四階にある自分の部屋に帰った。

せっかく決意したのにこの様《ざま》だ。情けなさ過ぎて涙も出てこない。むしろ腹立たしい。

悔しいから綾女に電話しよう。携帯電話（いわゆるガラケーというヤツだ）を取り出し、押し慣れた短縮番号を押すと、すぐに綾女の不機嫌そうな声がした。

『雛子、わたし仕事中なんだけど？』

「わたしはもう終わったの。もう終わったのっ。もう何もしなくていいって言われたの！」

『何度も言わなくてもわかったわよ。いつものことでしょ』

綾女の呆れ声を聞いていたら、もっと腹が立ってきた。

「でも、わたしはもっとちゃんとした仕事がしたいの。自立したいの。もう今のままじゃいられないの。自分の人生は自分で決めたいの！」

『いきなりどうしたの？』

「今日決めたの」

『……わかった。合コンしよ』

「どうしてそうなるの？」

『雛子はまだやったことないでしょ？　今日、六時に迎えに行くから。それまでに家を出る理由を考えておいて』

綾女はそう言うなりプッツリと電話を切った。仕事の愚痴《ぐち》を言ったはずなのに、なぜに合コン？　確かに言葉を知っているだけで、参加したことはない。

だけど、未知のことに挑戦するのも自立の一歩かもしれない。二十四にもなって自立なんて言葉を使う自分が情けないけれど、何もしないよりマシだ。よし、ならば早速用意をしなければ。

……果たして、何が必要なのだろう？　服装だって、何を着ればいいの？

わからないときは素直に聞こう。とは言え、今電話をしたら綾女にまた怒られそうだ。ならばとメールを送ることにした。

〝何を着ていけばいいの？　何を持っていけばいいの？〟

メールを送って待つこと五分。綾女からの返事が届いた。

〝何でもいい。手ぶらでいい〟

「短っ」

あまりにも簡潔すぎる内容が綾女らしい。何でもいいと言われてもなぁ。さすがに手ぶらでは出かけられないから、お財布と携帯とハンカチくらいは持った方がいい気がする。

服装も、普段かしこまって出かけるときはほとんど着物だから、綾女が着るようなおしゃれなドレスや洋服は持ってない。さすがに着物を着ていくわけにもいかないし。まあ適当でいいか。下手におしゃれしちゃうと兄様に怪しまれちゃうし……って兄様!!

そうだ。ここで考えなきゃならないのは、持ち物でも服装でもない。あの兄の存在だ。

わたしだって、これまでずっとイイコでい続けたわけじゃない。それなりに興味を持ちだした頃、子どもらしい嘘を並べて他愛ない冒険を試みたこともあったけれど、そのほぼ全部を兄に阻止されている。

多分嘘を並べるから悪いのだ。どうやら嘘をつけばつくほど顔に出るらしい。ならば嘘をつかなければいい。

思い立って階下に降り、店にいた兄を手招きした。

「今度は何だ？」

面倒くさそうな顔をした兄に内心ムカつきながら、とっておきの顔をする。小首を傾げ、背の高い兄を見上げ、目をパチパチさせるのだ。するとほら、兄の表情が少し緩む。

「綾女から夕飯を一緒に食べようって誘われたの。行ってもいい？」

内容は間違ってないから嘘ではない。

「……綾女さんが迎えに来てくれるのか？　どこに行くんだ？」

「六時に来るって。場所は知らない」

素直に答えると、少し考えるような表情をした後、兄が頷いた。その通りなんだから、これも嘘じゃない。

「わかった。どこに行くのか決まったら連絡しろよ」

「はい。じゃあお父様とお母様にも言っておいてね」

お願いをしてまた自分の部屋に戻る。約束の時間はまだまだ先だ。準備も何もないから暇で仕方がない。とりあえずベッドに寝転がってみる。

……今、自分がものすごくダメ人間になった気がした。お天気のいい平日に、何もすることなく部屋でゴロゴロ。こんな怠惰《たいだ》な二十四歳が世間にどのくらいいるのか。

仕事と言える仕事もせず、なのに、それなりの〝お給料〟はもらっている。それがものすごく恵まれた環境だということもわかっているし、両親や兄に感謝もしている。でも、このままでは本当にダメな人間になってしまう。

自分の人生を自分で切り開く。そう決めたけど、実際にどうすればいいのか具体案がまるで出ない。学校ではそんなこと教えてくれなかった。

いかに清く正しく美しい女性になるか、そんなことばかりだった。『マリアさまのこころ』の歌が全部歌えても、今のところまったく役に立っていない。

ふいにあの青い瞳の男性のことを思い出した。どこかでまた会えるかしら。もし出会えたら、今度はちゃんとお礼を言わなければ。

そう言えば、一言も彼の声を聞かなかったことも思い出した。いったいどんな声をしているんだろう。ほとんど見ず知らずの男性なのに、知りたくてたまらなかった。こんな気持ちは初めてだ。

急にやりたいことが増えてきたわ。きっとこれはいい兆候《ちょうこう》だ。さようなら、自堕落《じだらく》なわたし！

……ハッ！　ガバッと起き上がって時計を見ると、すでに五時を過ぎたところだった。考え事をしながら夢も見ずに何時間も寝てしまうなんて、わたしってバカ過ぎる。

洗面所で顔を洗い、寝乱れた髪を梳《と》かした。軽くお化粧をして、しわくちゃになった服を着替える。半袖のカットソーとスカート、それからカーディガン。七月に入って気温も上がっているけれど、素肌を出すのは苦手なので一年中手放せない。わたしの定番の格好だ。

約束の十五分前には用意を終え、三階の居間に降りたら待ち構えていたように兄がいた。わたしの格好を頭からつま先まで見て、うんと頷く。

いつもの格好だから、怪しまれてはいないはず。内心ちょっとドキドキしながら、居間のソファに座って綾女が来るのを静かに待った。

自宅の玄関のインターホンが鳴ったのは六時を五分ほど過ぎた頃だ。立ち上がったわたしを制し、兄が応対に出た。そしてしばらくして、綾女が現れた。

仕事帰りに直接来たのか、彼女にしては地味なスーツ姿だった。これでドレス姿だったら、久しぶりに綾女に飛び蹴りをしたかもしれない。

――一時期女子プロレスにはまった綾女と、学校の体育館で練習したことがあるのだ。もちろんシスターに見つかって、当然のように罰を受けた――

心の中でホッとしているわたしに、綾女が笑いかけた。

「お待たせ、雛子。それでは一矢お兄様、しばらくの間、雛子をお預かりしますわね」

綾女が微笑むと、兄の片眉が微《かす》かに上がった。いぶかしんでいる顔だ。かなりドキドキしながら、綾女と連れ立って家を出た。

「あのお兄様の困った顔、見た?」

綾女がクスクス笑いつつ、さっさと歩き出す。わたしは急いで彼女に続いた。

「歩いて行くの?」

「自分の家がどこにあるか知らないの? 少し行けば東京一の繁華街じゃない」

なるほどと思いながら、綾女と並んで歩く。家のまわりには大きな商業施設がたくさんある。最近もひとつできたばかりだ。連日大勢の人が店の前を通ってそこに行っていることは知っていたけれど、自分が行ったことはないのだ。

家から十分ほど歩いた場所にある大きなショッピングビル。その中のイタリア料理の店に綾女が入った。続いて入ると、綾女は慣れた様子で店の奥に進んだ。そこは少し個室っぽくなっていて、すでに男性が三人座っていた。

綾女とわたしを見て、その三人が立ち上がる。パリッとしたスーツ姿の彼らは、綾女から弁護士の卵だと紹介された。三人とも爽《さわ》やかで、いわゆる好青年だけれど、なよなよしているように見えて、あの青い目の男性とは正反対な感じがした。

おお、これが合コンというものなのか。それにしてもどこで知り合うんだろうと内心思っていると、綾女がわたしを彼らに紹介した。

「麻生雛子よ。わたしと同じ聖女出身なの。正真正銘のお姫様なんだから、粗相《そそう》のないようにね」

わざと茶化しながらそう言うと、彼らは感心したように頷いた。

いつの間にか頼んであったらしく、料理が運ばれてくる。綾女たちはお酒を頼んだけれど、わたしは飲めない……というより飲んだことがないのでお茶だ。

ここで無理やり飲むと確実に兄にばれるので、勧めようとする彼らを綾女がたしなめてくれた。

「聖女って秘密の花園なんて言われて謎が多いけど、実際はどうなの？　部活とかあるの？」

食事をしながら、彼らの一人が言った。

「ああ、茶道部《さどう》とかありそうだよね。麻生さんは何部？」

おもしろがるように、他の男性も言った。ちらりと綾女を見るとニヤニヤ笑っている。

「部活動というものはありませんでしたので、わたしと綾女は同好会を作りました」

正直に話すと、彼らはへえと声を上げた。

「どんな？」

「えっと、女子プロレスと野球です」

「……へ、へえ」

「でもどちらも部員が集まらないし、練習場所もないしで。野球は運動場の端でバッティング練習をしていたら、ボールがシスターの宿舎の部屋の窓を割ってしまって……」

あのときもシスターからこんこんとお説教をされたっけ。

「結局、二人で放課後にバッティングセンターに通い詰めて、それだけはうまくなったのよね」

綾女が後を引き継いで言った。

「……な、なんか聖女のイメージと違うね」

乾いた笑いが響いたそのとき、

「イメージが違うなら、そろそろお開きでいいんじゃないか？」

よく知った冷たい声が、わたしの頭の上から聞こえた。恐ろしさを覚えながら見上げると、案の定、兄が怖い顔をして立っていた。

「に、兄様っ」

「もう食べ終わったんだろ、帰るぞ、二人とも」

兄に睨《にら》まれてしまったら、従うしかない。さすがの綾女も肩をすくめただけだった。

結局ポカンとしている三人に謝り、兄に引きずられるようにして店を出た。

「ど、どうしてわかったの？　兄様」

さっさと前を歩く兄を追いかけながらそう尋ねると、綾女がクスクスと笑って言った。

「あら、雛子知らなかったの？　雛子の持ってる携帯ってＧＰＳが内蔵されているのよ」

「……ＧＰＳ？」

「つまり、どこにいてもわかるってこと。ちなみに雛子の携帯は、お年寄り用の機種よ」

お年寄り用……どうりでボタンが大きくて使いやすいと――

「兄様っ、酷《ひど》いっ」

兄からこの携帯をもらったのは大学卒業のときだった。卒業祝いですごく嬉しかったのに!!

怒っているわたしをまるっきり無視して、兄は無言のまま歩いている。でも、この大型ビルの中にはたくさんお店があるのに、ＧＰＳってそこまでわかるものなの？　疑問をそのまま口に出すと、ようやく兄が口を開いた。

「雛子、忘れたのか？　俺は今年度の商店街会長だ。この界隈《かいわい》にいる以上、どこにいても情報はすぐに入って来るんだ」

……二度と町内で合コンをするのはやめよう。

それより、綾女が兄が来たことに驚いていないなんて驚きだ。わたしの携帯にＧＰＳが内蔵されていることも知っていた。ということはつまり……綾女はこうなることを最初からわかっていたってこと!?

綾女をジロリと睨むと、すべてを察しているような顔で笑った。

不貞腐《ふてくさ》れたわたしと、妙に楽しげな綾女と、怒っている兄と、三人で自宅に戻った。店の裏側にある自宅の玄関先で綾女が立ち止まる。

「綾女さんを送ってくるから、雛子は先に上がれ。戻ったら説教だから、まだ寝るなよ」

上着のポケットから車のキーを出しながら、怖い顔のまま兄が言った。

ああ、今日はこのまま何事もなく終わると思っていたのに。

「じゃあまたね、雛子」

苦笑いを浮かべる綾女に手を振り、玄関の扉を開けた。しょんぼりしながら内階段を三階まで上がり、居間を覗くと父と母がソファに並んで座っていた。

「ただいま」

声を掛けると二人が同時に振り返る。

「おかえりなさい、雛子。あら、一矢さんは？」

「綾女を送ってくるって」

「そう。早くお風呂に入っちゃいなさいね」

のんびりしている両親の様子だと、合コンのことは知らないらしい。両親はわたしが学院で起こした騒動の数々を聞いても、あまり動じなかった。

母も聖女出身で、学院の中は絶対的に安心だと思っていた節もある。基本的にわたし自身に重大な危険が及ばなければいいようだ。

でも学院外では結構厳しいのだ。綾女は幼稚園からの付き合いだし、親同士の仲もいいので、彼女に関しては規制は緩い。私的には綾女が一番危険な存在だと思うのだけど、今のわたしの唯一の自由への扉的存在なので、余計なことは言わないでおこう。

一旦自室に戻ってからお風呂の支度をして、さっさと入った。たっぷり温まって、髪を乾かしながらお風呂場を出たら、兄が仁王立ちで目の前にいた。温まったからだがみるみる冷えていく感覚に陥《おちい》る。

それからたっぷり二時間、自室で正座をした状態で、こんこんとお説教をされた。内容は如何《いか》に男が悪い生き物であるかとか、そんな話だ。

兄様ってシスターより男性観が厳しいと思う。自分はどうなのさと思うけど、口ごたえをしたら正座の時間がさらに延びるのがわかっていたので、神妙な顔を保ってひたすらごめんなさいをくり返した。

3

綾女から次の連絡があったのは、数日後のことだった。

〝今度の日曜日、Wデートしましょ。十時に駅で〟

メールに書いてあった文章はそれだけだった。相変わらず一方的だ。それでも、Wデートという単語に心が躍る。だって、これまでデートなんてしたことないのだから。

今度こそ邪魔をされてなるものかと、当日は携帯を忘れたフリをして置いていき、服装も普段着のまま、綾女と出かけるとだけ告げて家を出た。これで兄に途中乱入されることはないだろう。

ウキウキと駅に向かうと、ロータリーに真っ白なスポーツカーが停まっていた。綾女の車だ。彼女はいつの間にかちゃっかり運転免許を取っていた。どうせなら一緒にと誘ってくれればよかったのに。そう言ったら、

「だって雛子には無理でしょ」

「お前には無理だ」

って、綾女と兄が同時に言ったのだ！

失礼しちゃうと怒ったら、近くの小さな遊園地でゴーカートに乗せられた。その運転がまったく思い通りに動かなくて、イライラしていたら、二人にほらねって顔をされた。

思い出してムカムカしながら車に近寄ると、窓が開いて綾女が顔を出した。

「時間通りね。乗って。現地集合にしたから」

助手席のドアをあけ、乗り込んでからシートベルトをしめる。

「Wデートって誰と？　この前の人？」

車を走らせた綾女に尋ねると、彼女が肩をすくめた。

「わたしのお見合い相手。と、その友達」

「……ええっっ!!」

思わず座席で飛び上がったわたしに、綾女が視線だけをよこした。

「見合い話なんて、雛子だって何度もあったでしょ。わたしだって同じよ。今回も断ったけど、向こうが一度会うだけでもってうるさいから、友達を連れて行くことを条件にしたの」

半ば怒ったようにそう言うと、さらにアクセルを踏み込んだ。

綾女もわたしと同じく、政略結婚には否定的だ。今のところ、彼女の両親もそれを強要はしていない。ただ、申込みはひっきりなしにあるようだ。

「嫌なのはわかるけど、わたしを巻き込むことないじゃない」

せっかく初めてのデートだって舞い上がったのに。なんてことはない、綾女の付き添いだなんて。

テンションが一気に下がったわたしを横目で見て、綾女が笑った。

「相応の友達を連れてくるように言ってあるから、意外と雛子好みの王子様が来るかもしれないわよ」

……王子様。その言葉にいつかの彼を思い出した。彼は、王子様というよりも騎士って感じだったけれど。

もしこれから出会う綾女のお見合い相手の友人が、あの方ならいいのに。

そうよ、小さい頃から十何年もずーっと神様にお祈りしてきたんだもの。そろそろこの辺で願い事のひとつくらい叶えてくれるはず！　と勢い込んで行ったけれど……

――まあ人生は、そんなに都合良くいかない。

綾女と一緒に、待ち合わせの大きな公園の中にあるカフェに入って、件《くだん》の友人を紹介された。妙に気障《きざ》ったらしいその人は、夢見ていた彼とは掛け離れていた。頭の中で大きなため息をつく。

それは綾女のお見合い相手も同じだった。わたしたちと同い年で、とある企業の子息だとそれぞれ自己紹介されたけれど、名前は一瞬で忘れた。きっと綾女もそうだろう。明らかにつまらなさそうな綾女をお相手がせっせとなだめているとき、気障な友人がわたしを店の外に誘った。

「一応彼らのお見合いなんだし」

その言い分もわからなくはない。なので、渋る綾女をその場に残し、気障な彼と外に出た。

初夏の休日、大きな公園の中には緑の芝生が広がっている。博物館や動物園もあるので、親子連れがたくさんいた。気障男《きざお》くんは遠くに行こうと言うけれど、綾女とあまり離れたくなかったので、カフェから見える、屋台が並ぶ通りを歩いた。

気障男くんが一生懸命何かを言っているけど、さっぱり頭に入ってこない。

まず、親兄弟以外の男性と行動を共にしたことがほぼないから、思った以上に緊張した。なので、何を話せばいいかわからなくて言葉が出てこない。気障男くんが徐々にイライラしてきたのも伝わってきたけれど、自分ではどうしようもなかった。

ない知恵を振り絞って、屋台で売っていた珍しい色のジュースを買ってもらった。木陰に置かれたテーブルに着くと、カフェの中にいる綾女の姿がかろうじて見える。

気障男《きざお》くんがカラフルなジュースをじっと見つめ、そして顔を顰《しか》めた。口をつけることは諦めたようだ。そんな変な味じゃないと思うけど、とストローに口をつけてみた。人工的な甘さが口の中に広がる。

……うん、なかなかおもしろい味だ。

「そういえば、雛子さんってあの麻生呉服店の娘さんなんだって？　確かビルもたくさん持っていたよね？」

おもむろに気障男くんが言った。ジュースに若干夢中になっていたわたしは、言っている意味がわからずストローをくわえたまま顔を上げた。

「不動産関係はお父さんが管理してるの？」

なぜここでわたしの実家の話になるのだろう。確かに、我が家は自宅兼呉服屋の他にいくつか不動産がある。でも、わたしは詳しいことは知らないので答えようがなかった。

「さあ。わたしは詳しくは存じませんので」

ジュースを持ったまま答えると、気障男くんがふーんと意味ありげに答えた。

「雛子さんは、まだ決まった相手はいないんだよね？」

気障男くんの顔がふいに近づいてきた。嫌な予感を覚えながら少し身を引くと、案の定、彼はさらに近寄ってきた。

「綾女さんと俺の友人が結婚して、君と俺が結婚したら、おもしろくない？」

「……いえ、おもしろくはないと思いますけれど」

悪寒と嫌悪感が顔に出ないように気をつけながら、また少し距離を取る。

「そう言わず、考えてくれてもいいじゃない？」

気障男くんが手を伸ばしてきた。反射的に払いのけようとしたら、手に持っていたカラフルなジュースが気障男くんの脚の上に落ち、白っぽいズボンが、ジュースで斑《まだら》に染まった。

「冷てーっ。どうしてくれるんだよ、買ったばっかりなのに！」

大声を上げて気障男くんが立ち上がった。まわりにいた人たちもギョッとした目でこちらを見る。

わたしも思わず立ち上がる。

「ご、ごめんなさい」

鞄《かばん》からハンカチを出そうとしたけれど、なかなか出てこない。

「……こういうときは弁償だろ」

「えっ？」

顔を上げると、気障男くんが怒った目で見ていた。弁償？　そうか弁償か。それってお金ってことよね。お財布を出すために鞄を探ったそのとき、背後に気配を感じた。

「嫌がっている女性に気がつかない君の方に、非があるんじゃないのか？」

低い声が頭の上の方から聞こえた。目の前にいる気障男くんが唖然《あぜん》とした顔でわたしの上の方を見ている。

釣られて見上げると……そこにいたのは、あのときの男性だった。

その瞬間、目の前がキラキラと煌《きら》めき出した。効果音すら聞こえるようだ。まるで後光が差しているかのように、まぶしく見える。

お日様に照らされた髪は、灰色と言うより銀色に近い。そして瞳は、わたしの頭の中にずっとあった、海の青だ。青い瞳に銀の髪。まるで物語に出てくる王子様……のようだけど、彼はやっぱり騎士に見えた。

彼が静かに動いてわたしの前に立った。広い背中に阻まれて、気障男《きざお》くんが見えなくなる。彼はすらりとしているけれど、背が高くて体格がとてもいい。だから、騎士のように思うのかしら？

わたしが考えていると、彼が身を屈めるような動きをした後、しばらくして何やらうめき声が聞こえた。

彼の背中から前を覗こうと顔を動かしたと同時に、気障男くんが走り出し、あっという間に見えなくなった。前と同じ光景だ。

……これは、また助けられたのだろうか。

背中を向けていた彼が振り返った。あの青い目がわたしを見下ろしている。じっと見つめられると、ますます胸がドキドキしてきた。からだ中の血液が顔に集まっているのかと思うくらい、頬がかっと熱くなる。

「あ、あなたはあのときの方ですよね？　あの、先月の結婚式の。重ね重ねありがとうございます」

深く頭を下げ顔を上げるると、彼が不思議なものを見るような目で見ていた。言葉がわからないのかしら？　でもさっき流暢《りゅうちょう》な日本語を話していたから、違うわよね。わたしの恥ずかしい場面ばかり見られているからかしら。

「あ、あの。わたし、麻生雛子と申します。あなたのお名前をお聞きしてもよろしいでしょうか？」

鞄《かばん》を握りしめながら思い切って聞いたが、それでも彼は黙ったままだった。やっぱり通じていないのかしら？　不安に駆られ始めたそのとき、

「ルカ」

彼が一言そう言った。

「……ルカ、様？」

尋ねると、彼が頷いた。なんて素敵なお名前。屈強な騎士のように見えるのに、お名前は、日本だとまるで女性のようだ。

「あのっ、ルカ様。何かお礼をさせてください。一度ならず二度までも助けていただいたのに……」

あのカラフルなジュースをご馳走するのは失礼だろうか。ならば綾女がいるカフェに戻って……色々と考えていたわたしの目の前に、突然彼の顔がアップになった。

そのとき、まわりの景色が一変した。そこにはわたしたち以外誰もいなくて、ただまばゆい光に包まれているような、不思議な感覚に陥《おちい》る。

青い目が間近に見える。こんなに近くに男性の顔があるのに、嫌悪感すら感じない。さらに速く

なる胸の鼓動を不思議に思っていると、わたしの肩に彼の大きな手が乗った。その目がさらに近づく。

「礼ならこれで」

唇に息がかかる。驚くよりも前に、わたしの唇に彼のそれが重なっていた。触れるだけの短いキス。生まれて初めてのそれは、まるで柔らかなマシュマロに触れるかのようだった。

わたしが呆然と目を見開いている間に、彼は静かに離れ、そして去って行く。

自分の中の変化に気がついたのは、そのときだ。

ずっとわたしのまわりを取り囲んでいた、いばら。それが、みるみる枯れていくのが見えた気がしたのだ。

「雛子、大丈夫!?」

カフェから綾女が走って来るのが見えた。心配そうなその顔が、彼女が一部始終を見ていたことを物語っている。

「雛子!?」

目の前まで来た綾女に声を掛けられる。まだ呆然としていたけれど、わたしにはわかった。

物語のいばら姫は王子様のキスで百年の眠りから目覚めた。そしてわたしは、たった今、あの銀色の騎士のキスで目覚めたのだ。

「綾女、わたし、今本当に目覚めたみたい」

心配そうな彼女の目を見て、はっきりとそう言った。

綾女は、慌てるお見合い相手をその場に残し、わたしの手を引いてさっさと自分の車に乗り込んだ。

帰る道すがら、お昼ご飯を食べるために彼女の行きつけの店に入り、食事中は当然のように質問の嵐だったけれど、わたしも答えられる限り答えた。

つまり、先ほどの銀髪の彼……ルカ様とは二回目の出会いだったこと。そのどちらも、危ういところを助けていただいたこと。そして、さっきのキスで、わたしのまわりのいばらが消えたこと。

どうしてなのか、具体的な理由を説明できない。でも確かに、わたしは自由になった気がしたのだ。自分でも理由がわからないのに、綾女はその答えを知っているようだ。

「雛子にもようやく春が来たのね」

訳知り顔でそう言った。

まるで背中に羽が生えたようだった。綾女に家まで送ってもらう間も、車を降りて自宅に入り、階段を上る間も。

今にも踊り出しそうなほど気分がよく、そして何もかもがクリアで新鮮に見えた。部屋の前で仁王立ちしていた兄を見るまでは。

「に、兄様？　た、ただいま」

楽しかった気分が一瞬で消えた。夏なのに、背すじが凍るとはこういうことを言うのだろうか。

兄は何も言わず、まるで印籠《いんろう》を出すかのように、わたしの携帯電話を突き出した。

「忘れたのか、持って行かなかったのか？」

「……わ、忘れたのよ、もちろん。ごめんなさい」

兄の横を通り抜け部屋に入ろうとしたわたしの腕を、兄が掴んで引き止めた。

「綾女さんは今日、見合いだったらしいな。ご両親に聞いたぞ」

……絶体絶命とはこのことか。

この前のように、また部屋の中で正座をさせられ、兄からこんこんと説教をされた。聞けば綾女のお父様から電話があり、今日の一連のことを謝罪されたそうだ。

つまり、綾女のお見合いにわたしを巻き込んで、とんだ騒動に発展したことを。当然だけど綾女には密かに護衛がついていて、わたしのこともばっちり見られていたらしい。

お見合いの方とそのお友達は、京極側が責任を持って対処しますということだった。綾女のお父様はわたしにはお優しい方だけど、大企業のトップに立っているだけあって大変厳しい一面を持っている。あの気障男《きざお》くんのことを考えると若干可哀想な気にもなる。

ただ、不思議なことに、ルカ様のことに関して、兄は何も言わなかった。ルカ様のことは報告されていないのだろうか。それはそれでラッキーだけれど。

ほとんど見ず知らずの方にキスをされたなんて聞いたら、兄も両親も卒倒しそうだ。

「いいか、雛子。お前ははっきりと知らないと思うが、我が家にはそれなりの財産がある。下品な輩《やから》はそれを目当てにお前に言い寄ることもあるだろう。雛子はそれをもっと自覚しろ」

これまでわたしに来たお見合い話の中には、そんな方もいたらしい。でも、それが政略結婚というものだ。

だけどわたし自身じゃなく、麻生家の財産や聖女出身という肩書きだけで判断されるなんて屈辱だ。やっぱりわたしは、そんな生き方はできない。改めてそう思った。

結局わたしには隙があり過ぎるのだと兄が言い、しばらくの外出禁止令を出されてしまった。

元々出不精だし、仕事だって家の中でしかしていないのだから、わたしにとって外出禁止なんて痛くも痒《かゆ》くもないのだよ、兄様。

なんてことは口にも顔にも出さず、兄の説教からさっさと解放されるべく、わたしは神妙に頷いた。


ペンを手に居間のテーブルにつき、目の前に積まれた封筒の束を見てため息をつく。今日の仕事は、展示会の招待状の宛名書きだった。

外出禁止を言い渡されて三日目。毎日これをやっている。こんなのパソコンでちゃっちゃと印刷しちゃえばすぐなのに、手書きにこだわっているのは兄だ。困ったことに料理も裁縫《さいほう》もダメだけど、書道は昔から得意だった。学院で唯一褒《ほ》められた教科だ。

お得意様の住所が書かれている一覧表を見ながら、一通ずつ丁寧に書いてはリストを消していく。単純作業だけど結構集中力がいる。

この三日間、ひたすら作業し続けてるのにそれほど進んでなくて、兄がイラついている。でも少しでも気を抜くと、頭の中にルカ様の顔が浮かぶのだから仕方がない。

青い瞳と銀色の髪。どこの国のお方かしら？　よくよく思い起こすと少し日本人の面影も感じる。

ハーフ……いえ、今はダブルと言うのだったかしら。もしかしたらそうなのかもしれない。

わたしに初めてキスをしてくれた方。いばらの中から連れ出してくれた方。そう考えるだけで、ペンを持つ手が止まってしまう。

けれど、わたしが知っているのは〝ルカ〟というお名前だけ。どこで会えるのかもわからない。

これまでの二度とも、出会えたことは偶然に過ぎないのだから。

二度あることは三度ある。でも、もう二度と会えない可能性もある。そう思うだけで泣けてきそうだ。

ペンを置いて何度目かのため息をついたとき、兄が顔を覗かせた。そしてテーブルの上のほとんど進んでない宛名書きにちらりと視線を投げる。

「雛子、ちょっとお使いに行ってくるか？」

「外出禁止じゃなかったの？」

わたしが尋ねると、兄が少し困った顔をした。

「相当反省してるみたいだしな。遠山《とおやま》さんにこの書類を渡してきてくれ」

そう言って茶封筒をテーブルに置くと、また店に戻っていった。どうやら、遅々として進まない作業の理由が家から出られないことだと思っているらしい。

兄様もわかってないわね、と思いつつ、やっぱり外には出たいとも思う。だって家にずっといると、ルカ様のことばっかり考えてしまうんだもの。それはそれで自分にとっては新鮮だけど、同時に悪いことも考えてしまうから。

椅子から立ち上がり、兄が置いていった封筒を手に取った。遠山さんはご近所でバッティングセンターをしていて——昔、綾女と通いつめたところだ——、今年度の商店街の副会長さんだ。

封筒を持って、素足にサンダルで外に出た。表通りはいわゆるおしゃれ通りなんだけど、裏通りは昔ながらの町並みが続く。慣れた細い道をぶらぶらと五分ほど歩くと、こぢんまりとしたバッティングセンターがあった。

「こんにちはー」

少し古びた入り口を入ると、遠山のおじさんが椅子に座って新聞を読んでいた。

「おお、雛子ちゃんいらっしゃい」

「はい、これ頼まれ物です」

兄から預かった封筒を渡す。

「ありがとうよ。今、謹慎中なんだって？」

遠山のおじさんがからかうように言った。本当にこの界隈《かいわい》では隠し事はできないようだ。

「そうなの。何も悪いことなんてしてないのに」

かって知ったるなんとやらで空いている椅子に座ると、おじさんが冷たい麦茶を出してくれた。

「兄さんも心配なんだよ。それより暇ならちょっと打っていくかい？　サービスするよ」

そう言って、バッティング場の方に顔を向けた。三つの打席には誰もいない。そう言えば、最近全然打ってなかったっけ。昔から気分転換にはここが一番だし……

「じゃあお言葉に甘えて。でもお代は兄様に請求してくださいね」

ケラケラと笑うおじさんの声を聞きながら、バットを持って一番お気に入りの真ん中の打席に入る。

「いつものでいいかい？」

わたしが頷くと、おじさんが代わりに機械を操作してくれた。百三十キロのストレートを五十球。色々試して、これがわたしにとって一番いい設定だ。

開始の音と共に、まっすぐに飛んできた白いボール。タイミングを合わせてバットを振ると、小気味いい音と程よい振動が同時にからだに伝わる。

ボールは大きな弧を描いて、バックネットに貼り付けてある、〝ホームラン〟と書かれたパネルに当たって落ちた。続くボールもすべて同じ場所に当たる。

「雛子ちゃん、今日も絶好調だね」

おじさんは笑ってそう言うと、また新聞を読みに戻った。

何度もバットを振っていると、頭の中にルカ様の顔が浮かんだ。これからどうしたらいいんだろう。こんな気持ちを知ってしまったら、もうこれまでのようにはいられない。

いばら姫なんていつまでも言われたくない。もう眠って待つだけのお姫様ではないのだから。百年の眠りから目覚めたお姫様は、王子様と速攻結婚したけれど、今の自分ではそれは無理。だって、彼にどこでいつ会えるのかもわからないのだもの。

生まれて初めて現れた、どうしても手に入れたいもの……人だけど。考えてもわからないなら、行動しかない。

思いっきりフルスイングして、白いボールがホームランパネルに吸い込まれるように飛んでいく様子を目で追った。

4

行動を起こそうと決めてから早一ヶ月以上。季節は真夏を過ぎ、秋の気配を感じ始めた。

季節は変わっても、ルカ様のことに関して何も進んでいないことに、あるときはたと気がついた。が、よくよく考えてみれば、ルカ様の情報がまったくない状態では、動きようがない。その事実にようやく思い至り、至極当たり前のことなのに、勢い込んでいた自分がとても恥ずかしく思えた。

その頃、家業がとても忙しくなった。わたしですら連日たくさんの仕事を任され、時間は刻々と過ぎていく。そんな現実に焦りを覚えながらも、どうしたらよいのかわからない。

数年に一度の大きな呉服展示会が間際に迫っていて、余裕のない兄に日々こき使われていた。もっと仕事がしたいと散々言ってきた手前、サボるわけにもいかない。本当に何もかもうまくはいかないものだ。

ただ、ルカ様のことは頭から離れない。次にいつどこで会えるかわからないから、様々なシチュエーションを妄想している。

例えば、信号待ちで偶然反対側にいる、とか。踏み切りで電車が通り過ぎたらいた、とか。駅の反対側のホームに立っている、とか。買い物帰り、落としたオレンジを拾ってくれた、とか。

自分の想像力のなさにうんざりするけど、事実、ほぼ家から出ないので、行動範囲が限られているし、ルカ様の情報がまったくないのだから仕方がない。

もっとドラマティックな再会はないかしら？　仮面舞踏会で偶然出会うとか。いえ、仮面舞踏会なんて行ったこともないけど。ていうか、現実にあるのかしら？　でも、タキシード姿のルカ様とドレス姿の自分がワルツを踊る場面を想像してみたけど、王子様とお姫様みたいで悪くない。そんなくだらない想像をしながら、日々仕事にいそしんでいた。

展示会は全国の呉服屋とその顧客が集まる。各店舗がこれぞと思う品物を三日間にわたって展示するのだ。ものすごく高価な着物や大きな宝石を埋め込んだ帯留めなども飾られるため、警備はかなり厳重になるらしい。

その展示会を明日に控え、今日は家族総出で出品の準備に朝から大わらわだ。

「雛子、明日はこれを着なさいな」

母が華やかな大振袖を持って来た。以前結婚式で着たものによく似ている、赤い着物。

「まさしく看板娘の装いにぴったりじゃないか」

父が嬉しそうな声で言った。母が着物を専用ハンガーにかける。それに合う帯や小物を、わたしも一緒に選び始めた。

その向こうでは兄がノートを手に黙々と反物《たんもの》を箱に詰めている。キャッキャしている両親とは対照的で、ちょっと可哀想になってきた。なんだかんだいっても、真面目な愛すべき兄なのだ。

「兄様、手伝うわ」

近寄ってそう言うと、小物の一覧が書かれたリストを渡された。リストに沿って、髪飾りや扇子《せんす》、バッグに草履《ぞうり》といった品を揃えていく。

そう言えば、わたしのお気に入りのかんざしは失くしてしまったんだっけ。あの日、結婚式から帰ってきたときにないことに気づいて、兄の車の中やバッグの中も散々探したけれど見つからなかった。そんなに高価なものじゃないけれど、ちりめんの花がちりばめられた一点ものだったのに。

リストの品をすべて揃え、箱詰めを終えたのは午後も遅くなってのことだ。父と兄はそれらを車に載せて、搬入してくると出かけた。

「さあ、雛子は明日のために今日は早く寝なさいね」

母に促《うなが》されて食事を終え、お風呂に入ってから自分の部屋に戻る。

言われた通りさっさと寝たら、いつもより早起きなのにすっきりと目が覚めた。顔を洗って居間に降りると、すでに両親と兄が揃っていた。

そして、いつも着付けとヘアメイクを手伝っていただく本城静《ほんじょうしずか》という名の、男性……もいらしている。彼を〝男性〟とはすんなり呼べないのは、彼がとても女性らしいからだ。

「まあ、静様。おはようございます」

「おはよう、雛子姫。相変わらずお人形さんみたいね」

静様は華やかに微笑まれた。

「さあさあ雛子。早く朝ご飯を食べなさい」

母に言われるがまま、ダイニングテーブルの上に置かれているおにぎりを食べる。とうに朝食を終えたらしい母は、静様と続き部屋の和室に行き、着物や小物をチェックしていた。ふすまがスッと閉まる。先に母が着付けをすることにしたようだ。

基本的な着付けは母もわたしもできるけれど、特別な日や凝った帯を結びたいときは静様にお願いしている。静様は見かけはとてもハンサムで少し派手なお方だけれど、腕も評判も大変いいプロのヘアメイクアーティストさんだ。ちなみに兄の同級生でもあるので、小さな頃からの知り合いだった。

昔はあんなんじゃなかったのになぁ。もうちょっと普通の男の人に見えたけれど。隣の部屋から聞こえる、はしゃぐ母と静様の声をＢＧＭに、おにぎりを頬張った。

朝食を終えて、改めて歯磨きをして戻ると、母の支度がちょうど終わったところだった。静様と入れ替わりに和室に入り、着物用の下着を身に着ける。長襦袢《ながじゅばん》まで着たところで静様が戻ってきた。

「先にヘアメイクね」

静様が自分の大きなメイクバッグからケープを取り出した。姿見の前で椅子に座ると、そのケープがかけられた。静様がピンで前髪を上げると顔があらわになる。

「相変わらず色白ね。なるべく塗らないでおきましょう」

静様の手が頬に触れた。

――彼は、わたしの中では男性の部類に入っていないので気にならない。

宣言通りメイクはさっさと終わり、長い髪を編み込むのは時間がかかった。それでも慣れた手つきで静様が髪を結い上げる。

ヘアメイクが終わると、立ち上がって今度は肩から大振袖がかけられた。静様がテキパキと着物の襟を合わせ、着丈を合わせ、腰ひもを縛る。手早く、そしてキレイにお端折《はしょ》りを整え伊達《だて》締めをしめる。その息苦しさに一瞬ウッと声が出ると、かがんでいた静様が顔を上げた。

「今日は一日中着ることになるから、いつもよりは緩くしてるわ。我慢なさい」

続く帯はさらに重く苦しい。

「今日は花結びにしましょうか？」

静様が横で見ている母に声を掛けた。

「そうね。今日は華やかで目立つ方がいいわ」

母が頷き、静様は楽しそうにあれこれ話しながら器用に帯を締めていく。深呼吸をくり返しつつ、ひたすら耐えるのがわたしの役目だ。

結局すべてが終わるまで一時間はかかった。大きくため息をついたわたしを見て、静様が笑う。

「これも呉服屋の娘に生まれた宿命よ。頑張ってらっしゃいな」

姿見に映った、振袖姿の自分を改めて見る。

まるでこれから成人式に行くかのような格好だ。もちろんその宣伝も兼ねているので当然なのだけど。

この格好で今日一日を過ごすのかと思うと正直うんざりする。初秋とはいえまだまだ暑いのだから。三日間行くのなら、明日は絽《ろ》の着物が着たいわ、なんて思いながら、静様にお礼を言って見送り、家族で展示会場に向かった。

海の近くにある巨大な建物。その広大なフロアの半分ほどを使って展示会が開かれる。会場にはすでに大勢の人がいるけれど、一般のお客様はまだ入っていないらしい。兄から案内図なるものをもらい、それを見ながら我が家のブースに向かう。

会場の中心部分には高価な着物や帯留め、髪飾りなどがある特別展示場があり、そのまわりには大勢の警備員がいるのが見えた。そのことを隣を歩く兄に言うと、

「制服だけじゃない。私服の警備員も大勢いるらしいぞ。人もこれから多くなるから、迷子になるなよ」

と、なぜか釘を刺されてしまった。

半ば腐《ふ》てくされながら兄について歩き、ようやく麻生呉服店のブースに到着した。搬入と展示は前日に父と兄が終わらせているし、接客も両親と兄がメインでやる。だからわたしは、ここにただいて、多少の説明をするだけだ。

まわりを見ると、同じような年頃の女の子はみんな振袖姿だった。成人式の着物を目当てに来るお客様も大勢いるので、値段も高価なものから比較的安価なものまで揃っている。

開場時間になり、入り口から大勢の人が入ってくるのが見えた。業者の方から一般の個人客まで様々だ。先ほど目にした特別展示場は今回の目玉ということで、すでに人だかりができている。

後でわたしも見に行ってみようと思いながら、次々とやってくるお客様への商品説明を拙《つたな》いながらも頑張ることにした。

我が家で扱っている商品は一点ものが中心だ。結構値が張るのだけれど、品質の良さや兄の営業のお陰でそこそこ繁盛している。それはそれで嬉しいけれど、二時間ほどするとすっかり疲れてしまった。

「兄様、少し休憩していい？　わたしも色々見たいし」

嘘くさい困った顔で言ってみると、兄はそれもそうだと頷いた。迷子にならないようにとだけ注意を受け、会場の案内図を手にブースを出る。

さて、どこに行こう。振袖に草履《ぞうり》なので、当然ながらスタスタ歩けるものではない。案内図を見ながら、とりあえずブラブラと歩く。

各ブースはそれぞれに個性があっておもしろかった。ヘアアクセサリーの専門ブースで見つけた、トンボ玉を使ったかんざしが可愛かったけど、あいにく持ち合わせがない。残念に思いながら、さらにぶらついていると、会場の端まで来てしまった。

どうしてかしら？　中央の特別展示に行こうと思っていたのに。

案内図を見ても、今の自分の位置がよくわからない。目の前には通用口があった。一旦外に出た方が早いだろうか？　そう思いながらその扉に近づき、ドアノブを掴んだそのとき――

「そこに入るな」

低い声が背後から聞こえた。聞き覚えのある声だ。そう思ったとたん、胸が高鳴る。期待と驚きと共に振り返ると、やはりそこに彼がいた。

「……まあ、ルカ様！」

海のような青い瞳と銀の髪。そして真っ黒なスーツ姿。思い返せば、彼はいつも黒いスーツ姿だった。

青い瞳に見つめられると、知らずに頬が赤くなる。ふわふわと宙に浮かぶような感覚と、世界が一斉に煌《きらめ》き出すような錯覚を感じて、今にも踊り出したい気分になる。

「ルカ様、先日はどうもありがとうございました。こんな場所でまたお会いできるなんて。ずっとお会いしたいと思っていたんです」

なんて幸運なんだろう!! ドキドキしていたら、ルカ様がドアノブを掴んだままのわたしの手に触れ、そっとドアノブから引き離した。

大きな手に包まれる感触に、さらに胸のドキドキが大きくなる。驚いて振り仰ぐと、ルカ様が少し困ったような顔をしてた。

「そのドアを開けると警報機が鳴るんだ。そこに関係者以外立ち入り禁止と書いてあるだろう？」

言われるままに目をやると、確かに扉の上の方に赤い字で書いてあった。ルカ様に顔を戻してよく見ると、耳にイヤホンのようなものがある。

私服の警備員。ふと兄の言葉を思い出した。警備のお仕事をされているのかしら。今の言動とこれまでのことを考えると、それは当たっているのかもしれない。

「あら、まあ。……申し訳ありません」

今度は恥ずかしさで顔が赤くなる。どうしていつも変なところばかり見られてしまうんだろう。いやもう、恥ずかしさを通り越して泣きそうだ。わたしは思わず俯《うつむ》く。

「どこか行きたいところがあるのか？」

低く、けれどとても優しい声が聞こえた。顔を上げると、ルカ様がわたしの顔をじっと見ていた。自然と唇に目がいってしまった。見た目よりもずっと柔らかな唇。その感触を自分は知っている。そう思ったらさらに頭に血が上りそうだった。

「あ、あの。特別展示の場所に行こうと思って」

案内図を指さすと、ルカ様が頷いた。そして、わたしの手を引いて歩き出した。

ああ、これじゃあただの迷子とおまわりさんのシチュエーションだ。仮面舞踏会はどこにいったの？

それでも、彼と手をつなげるなんて夢のよう。まあ理由は情けないけれど。

でもこれってチャンスじゃない!? 今、お互いが知っているのは名前だけだ。ここでもうちょっとお近づきになって、ルカ様の情報が知りたい。

男性にまったく免疫のないわたしにしては、かなり大胆な思考だ。若干失速しそうになったけれど、舞い上がった心はまだ地に落ちてはいない。

「ルカ様は警備のお仕事をなさってますの？」

思い切って聞いてみると、彼が頷くのが見えた。やっぱり。だから騎士のように見えたのだ。

「だからお強いのですね！」

興奮気味に言うと、ルカ様が肩をすくめた。

「きみは……少し危なっかしいようだな」

ぽつりと言われた言葉だけど、わたしの心には結構ぐっさり刺さる。確かに、これまでの邂逅《かいこう》は二度共ピンチのときだった。でも、どちらもわたしに落ち度はない、はずだ。二度目はともかく、一度目はまったく何もしていないのだから。

「わ、わたし、普段はちゃんとしています。家で仕事をしていますから、出歩くこともほとんどありませんし」

ルカ様が振り返ってわたしを見た。また困った顔をしている。彼がわたしを見るとき、大抵こんな顔をしているような気がする。

困らせたいわけじゃない。できれば、まだ見たことのない笑顔が見てみたい。

「ルカ様はお着物にご興味がありますの？　わたし、家が呉服屋を営んでおりまして、今日こちらに出展しているのです。わたしは今は休憩中ですけれども」

手をつないだまま、ルカ様がまたわたしを見た。その顔からまだ感情は読み取れない。

「今日は仕事だから。でも、きみのその姿は綺麗だと思う」

「まあ……恐れ入ります」

今のは褒《ほ》め言葉よね？　頬がまた赤くなるのが自分でもわかった。苦しくても暑くても、着てきた甲斐があったというものだ。

「き、着物は子どもの頃から着慣れております。でも幼稚園からずっとカトリック系の学校だったんです。ですので和洋折衷《せっちゅう》とでも申しましょうか。家にはお仏壇も神棚もありますけれど、わたしの部屋にはマリア様の小さな像もあるんですよ」

自分でも何を言っているのかよくわからない。けれど、ルカ様が耳を傾けているのはわかる。家族以外の男性にこんなに話しかけるのは初めてだった。初めてだけど躊躇《ちゅうちょ》している場合じゃない。彼との出会いはいつも偶然なのだ。偶然は何度も続かない。掴めるチャンスは掴んでおかなければ。まだつながっているルカ様の手を意識しながら、必死で自分のことを語った。何を話したのかよく覚えていない。それよりも自分のことばかり話してもダメだ。ルカ様のことも知らなければ。

「ル、ルカ様は日本語がお上手ですのね」

思い切って尋ねると、彼は少し首を傾げた。

「母が、日本人なので」

「まあそうですの」

やっぱり。青い目と銀の髪だけど、どこか日本人っぽいところがあると思ったのだ。

——でも、どうしよう、これ以上話題が思いつかない。どこまで踏み込んでいいのかもわからない。世間一般の男女はいったいどんな会話をしているのだろう。これが綾女だったら、今頃彼のプロフィールのほとんどを聞き出しているだろうか。

悩んでいるうちに、中心部にある特別展示の場所についてしまった。やはりすごい人だかりだ。でもルカ様が手を引いてくださったので、最前列まで行くことができた。

目の前のガラスケースに、宝石のちりばめられた帯留めや、華やかなかんざしや髪飾りがあった。

豪華絢爛《けんらん》としか表現しようのない振袖は、広げて展示されていた。

「まあ素敵！」

思わず身を乗り出したわたしのからだに、ルカ様の腕が回る。まるで後ろから抱きしめられたような感覚に陥《おちい》り、一瞬呼吸が止まった。

「目の前にロープがある。それ以上行くと危ない」

耳元で低い声が聞こえた。鼓動を抑えながらそれでも下を見ると、着物の裾が展示台を囲っているロープに触れていた。

「か、重ね重ね申し訳ありません」

ルカ様の腕がそっと離れた。体勢を整え、改めてガラスケースの中を覗きこむ。精巧な作りのかんざしや、髪飾りにちりばめられた宝石が煌《きらめ》いていた。豪奢《ごうしゃ》な振袖は総刺繍《そうししゅう》で、うっとりするほど素晴らしい。

すべてをじっくりと見てから、振り返ってルカ様を見上げた。

「お仕事中に連れてきてくださってありがとうございます！　もしよかったら、家族に紹介させていただけませんか？　この間のお礼も言いたいですし」

思い切って自分からルカ様の手をぎゅっと握った。少し驚いた顔をした彼の表情が、なんだか嬉しかった。

「我が家のブースにご案内します。多分こっちです！」

勢いよくルカ様の手を引いて振り返ったら、何かにゴンッとぶつかった。同時にけたたましいサイレンの音が鳴り響き、悲鳴と喧騒が同時に起こる。

呆然として見ると、ガラスケースが傾いていた。どうやらわたしが蹴飛ばしたらしい。幸いなことに中身は無事のようだが。

なんてこと！　慌ててガラスケースを戻そうと伸ばした手をルカ様に掴まれた。

大勢の足音が聞こえた。四方八方から警備員が駆けつけてくる。ああどうしよう。わたし捕まってしまうのかしら。思わずルカ様にしがみつくと、背中で結んである帯の上に彼の手がまわされたのがわかった。

「待て、大丈夫だ」

彼の低い声がした。それから、少しかがんでケースの台座の下に手を入れる。サイレンがピタリと鳴り止み、ざわめく声だけが残った。指示を出すルカ様の声が聞こえた。

「ケースをもとに戻せ。多少傾いただけだ。ロープが近いようだからもう少し離してくれ」

言いながら、ルカ様がわたしを引き寄せたまま移動した。

「本当に申し訳ありません」

どうしていつもいつも……。泣きそうになりつつも、なんとかつぶやいた。

「本当に、きみほど危なっかしい女性は見たことがないな」

そう言ったルカ様の声から感情は読み取れない。呆れているのだろうか。もう怖くて顔も見られない。

と、そのときまたバタバタと足音が聞こえた。顔を上げると、前方から兄が来るところだった。

ああ、あっちもこっちも、もうどうしたら……

「雛子！　お前が原因か⁉」

鬼の形相とはこのことだ。でも本当のことなので何も言えない。

「いえ、展示用ロープの位置が悪かったようです。お嬢さんには罪はありません」

ルカ様が助け舟を出してくださった。やはりこの方はわたしの王子様、いえ騎士様だ。

「妹がご迷惑をおかけして申し訳ありません」

兄がルカ様に頭を下げた。二人に連れられて店の場所に戻り、両親と一緒にもう一度謝罪した。

ルカ様は何度も大丈夫とくり返してくれたけれど、この歳になって親と一緒に謝罪だなんて、恥ずかしいやら悲しいやら。ルカ様との再会をドラマティックに妄想していた自分が馬鹿の代表になったみたいだ。

「雛子はここに座っていなさい。もう動くなよ」

兄に言われ、ブースの隅のパイプ椅子に座らされた。今までも色々やらかしてきたけど、こんなに情けない気持ちになったことはない。

忙しそうに接客をする兄や両親、楽しそうに行き交う人々を見ながら、何とも言えない気持ちになった。

ついさっきまで、あんなに楽しかったのに。せっかくルカ様に会えたのに、こんなことになるなんて。

何度目かのため息をついたとき、すぐ隣に誰かが来たのがわかった。顔を上げると、ルカ様がまっすぐ前を見据えたまま、隣に立っている。

「ルカ様……。これもお仕事ですか？」

小さな声で問いかけると、前を見たままルカ様が答えた。

「この会場の中で、きみが一番危険人物のようだから」

頭の中で、ガーンと音がした。確かに、警報器のサイレンを会場中に響かせたのはわたしだ。違うとも言えず、またさらに情けなくなる。

ようやく会えたのに、ルカ様に迷惑ばかりかけて……。俯《うつむ》いて、膝の上に置いてある手をじっと見る。

「冗談だ」

また低い声がした。振り仰ぐように見上げると、ルカ様がわたしを見て微笑んでいた。初めて見る顔、ずっと見たかった顔だ。

こんな状態なのに、単純なわたしの心はまた一気に舞い上がった。無数の花びらが二人のまわりに降り注いでいるような錯覚に陥《おちい》る。

この人に幾度《いくど》助けられたのだろう。わたしに目覚めのキスをした人。わたしを解き放ってくれた人。いばらの城から連れ出してくれた人。これが運命じゃなくてなんなの!?

その日、ルカ様は閉館までほとんどわたしの隣に立っていた。会話はなかった。彼はあくまで仕事中だったから。——一応わたしもだけど。

ルカ様の存在を隣に感じている間、わたしにはこの人しかいない、漠然とそう思っていた。

5

展示会はその後二日間行われたけれど、兄からお留守番を命じられたわたしは、渋々家にこもっていた。後二日、ルカ様とお会いできるチャンスだったのに。自分が騒動を起こしてしまった結果だとはいえ、悔しくて仕方がない。

しかもお店は臨時休業中。兄からもできる限り家から出るなと念を押されていたので、わたしは暇を持て余していた。週末でもあったので、それならばと相談を兼ねて綾女を呼び出すことにした。

メールをしてから小一時間後、嬉々とした顔で綾女がやってきた。この前の一件があってから、綾女の行動も少し制限されていたようだ。

「ちょうど退屈してたのよ。週末の予定を全部キャンセルさせられたんだから」

どんな予定なんだかと思いながら、ソファに座った綾女に紅茶を淹《い》れた。

「で、相談って何？」

向かい合って座ると、彼女が言った。

「そう！　昨日ルカ様とお会いできたの。これはもう運命としか言いようがないと思わない!?」

急にテンションが上がってしまったわたしを見て、綾女は若干唖然《あぜん》とした顔をしたけど、すぐに身を乗り出してきた。

「どういうこと？　ちゃんと順番に説明して」

一呼吸置いて、言われた通り順に説明した。展示会でルカ様に再会したこと、その後、手をつないで会場を回ったり、そして、ガラスケースを蹴り倒しかけたこと。最終的にその日は最後まで椅子に座っていることになったけれど、ルカ様がそばにいてくださったこと。

通用口を勝手に開けそうになったくだりと、警報機を鳴らしたくだりで綾女がものすごい呆れ顔をしたけれど、興奮気味に話しているわたしは気にならなかった。経過はどうであれ、結果がすべてなのだ。

「確かに、運命かもね」

話を聞き終わった綾女が紅茶を飲み、言った。

「そうでしょ！」

そして勢い込むわたしに目をやり、妙に冷静な顔する。

「それで？　雛子はこれからどう動くの？　今わかっているのは、彼が〝ルカ〟というお名前で、お母様が日本人、そして警備のお仕事をなさっているということだけ。しかもそのお名前も、苗字か名前なのかもわからない」

「うう……」

そう上げ連《つら》ねられると言葉に詰まる。

「雛子がなすべきことは、もっと彼のことを知ってアタックすることよ。そのためには具体的な方法を考えないと」

「具体的？」

「まず今できそうなことは、お仕事先を突き止めることね。ああいう大きな催《もよお》しは、大抵大手の警備会社と契約しているはず。雛子の話を聞く限り、そのルカ様はわりと上位の位置にいらっしゃるようだから、会社がわかれば彼の素性ももっとわかるんじゃない？」

さすがは綾女。早速メモ帳を取りに走り、紙に警備会社を確認と書いた。

「会社がわかれば、とりあえず会いに行けばいいのよ。先日のお詫《わ》びですって菓子折りのひとつでも持って。そこからは雛子次第ね」

なるほど、お詫びの菓子折りね。と、それもメモる。そして後はわたし次第……

「それってどういうこと？」

顔を上げて綾女を見る。すると、彼女はまた呆れた顔をした。

「結局雛子はその彼とどうなりたいの？」

「ど、どうって……」

そういえば、具体的に先のことを考えたことがない。

「もう自覚もなさそうだし面倒だからはっきり言うけど。雛子はその〝ルカ様〟に一目惚れをしたのよ。恋をしたの、好きになったの。だから、その先にあるのはズバリ〝お付き合い〟よ」

「……お付き合い⁉」

そうか、そうよね。わかっているようで、わかっていなかったなんて。一人混乱と納得をくり返しているわたしを見ながら、綾女が続ける。

「今の雛子はいわゆる片想いなわけよ。それを両想い、つまり恋人関係にもっていくのは、あんたの行動にかかっているわけ」

「わたしの、行動？」

「再会して、お詫びがてら告白しても、玉砕するかうまくいくかはわからない。今みたいに、ありえない妄想だけで我慢できるなら、所詮その程度の感情だってこと。雛子はどっち？」

告白なんてしたことがない。そうか断られることもありえるのだ。だって素敵な人だもの。すでに恋人や奥さんがいるかもしれない。でも、妄想だけで我慢ができるかといえば、それは否《いな》だ。

「わたし、告白するわ。振られたら悲しいけど、それでもいばらの城から出るきっかけにはなったもの」

今からダメになることを考えるのは嫌だけど、それでも、あの瞬間、公園で初めてキスをされたときからわたしは自由になった気がしたのだ。

「そう。なら喜んで応援するわ」

綾女が頷いた。

それから二人で具体案を話し合った。ルカ様の会社は両親に聞くのが早いだろうということ。お詫《わ》びを理由にすれば、怪しまれずに教えてくれ、その後の会社訪問もしやすくなるだろうと。せっとメモを取り、大満足して、綾女が帰るのを見送った。

今夜両親が戻ったら早速聞いてみよう。そして、もう一度ルカ様にお会いできたら何を話そうかと考えた。

いきなり好きですって言うのもちょっと恥ずかしい。さすがにわたしでも、すぐさま小説や漫画のような展開になるとは思っていない。まずはお友達になってくださいって言うのが無難だろうか。

そんなことを考えているうちに夕方になり、ぐったりと疲れ切った両親と兄が帰ってきた。

「おかえりなさい」

急いで出迎え、荷物運びを手伝う。その間に母は夕飯のための出前を頼んでいた。もちろん誰もわたしに料理を期待していないし、今から母が作るのも大変だからだ。ちなみに、この二日間は母が作り置きしてくれていたカレーと、近所からのおすそ分けで乗り切った。

父と兄と一緒に荷解きをし、ようやく一区切りついたとき、出前のお寿司が到着した。いつもより遅めの夕食を取りながら、今日のことを聞いたり、最終的な業績を話し合う父と兄の会話に耳を傾けたりした。

それなりに和気あいあいと時間を過ごしつつ、例のことについていつ切り出そうかとわたしは一人ジリジリしていた。そして話が一段落ついて、兄が自室に戻り、母がお茶を淹《い》れなおしに立ち上がったのを機に、思い切って父に言った。

「お父様。この二日間ずっと考えていたんだけど、先日のお詫びを改めてした方がいいと思って。ル、ルカ様のお勤め先を教えてもらえない？」

なるべく申し訳なさそうな顔をして言うと、父がうーんと唸った。そのとき、キッチンから母の声がした。

「そうね、あんなご迷惑をおかけしたんだもの。お詫びした方がいいと思うわ」

「そうだな。昨日今日はあんな騒動は起こらなかったことを考えれば、雛子の粗相《そそう》を改めて謝罪した方がいいだろう」

……いやもう、自業自得だけど改めて言われるとキツイ。一人凹《へこ》んでいると、少し待っていなさいと言って、父が何かを取りに行った。

母がお茶を持ってきたのと同時に、父が封筒を手に戻ってきた。中から冊子を取り出しぺらぺらとめくる。どうやら、展示会のしおりのようなものだった。

「ああ、ここに書いてある」

そう言って、父がある個所を指さした。そこには、会場警備『芳野《よしの》総合警備保障』と書かれていた。わたしでも知っているくらいの、とても有名な会社だ。

「彼もきっとここの社員か、ここから派遣されている方だろう。上司の方にお詫びした方がいいかな」

「いえっ、できればご本人にお詫びしたいの」

上司に会っても何の意味もないもの。不自然にならない程度にそう言うと、父が頷いた。

「ならば彼がどこの所属かわからないと難しいな。本社に行けばわかるのかもしれないが」

「じゃあ、わたしが行ってくるわ」

わたしがそう言うと、両親が驚いた顔で見た。

「だ、だってわたしの責任ですもの。それに、わたしだってもう大人なのだし、それくらいできると思うわ」

自信満々で答えると、若干不安そうな顔をしたけれど、結局は父も母も頷いた。

「そうだな。確かに雛子ももう大人だ」

しみじみ言った父の目が、ちょっとだけ涙ぐんでいるように見えた。こんなことで感動されてしまうなんて、わたしってていったい……

結果オーライとは言え、少し複雑な思いを抱いてしまったのは言うまでもない。


善は急げとばかりに、早速翌日行動を起こした。両親に許可をもらっているので、兄を説得するのも簡単だった。

いつもより少しだけ余所《よそ》行きの格好をして、隣の和菓子屋さんで菓子折りを買い、昨夜調べておいた『芳野総合警備保障』の本社ビルを目指した。会社は電車を乗り継いで二十分ほどの場所にあるようだ。

乗り慣れない電車に少し緊張しながら乗り、大勢の人に混じって目的の駅で降りると、ロータリーと広い道をはさんだ向かい側に大きなビルがそびえたっていた。

「まあ、大きな建物だこと」

思わずつぶやき、息を呑む。この建物のどこかにルカ様がいるのだろうか。でも、別の場所で警備のお仕事に就いている可能性の方が高い気がしてきた。

よくもまあ確信もないまま来られたものだ。自分の行動に半ば呆れながら、それでも会えればラッキーだと思い直して、信号を渡ってそのビルに向かった。

大きなビルには大きな自動ドアがあって、その左右に屈強なガードマンが二人立っていた。その間を会釈《えしゃく》をしながら進み、とりあえず受付を目指す。総合受付と銘打ったカウンターに座っていたのは、若い男性だった。

目の前に立ったわたしを見て、彼が少し目を見開いた気がした。

「ご用件は伺っておりますでしょうか？」

わざわざ立ち上がって、その彼が話しかけてきた。

さて、どうしよう。いきなりルカ様はいらっしゃいますか？　と聞いて通じるのだろうか。でもそれしか尋ねようがない。

「あの、昨日まで行われていた呉服展示会で警備をなさっていた、ルカさんとおっしゃる方はこちらにいらっしゃいますでしょうか？」

そう言うと、今度は明らかに驚いた顔をした。

「……失礼ですが、お名前を伺ってもよろしいでしょうか？」

「あ、失礼しました。麻生雛子と申します」

彼は頷くと、わたしの後方を手で指し示した。つられて振り返ると、日当たりのいい場所に椅子とテーブルがいくつか置かれている。

「あちらでしばらくお待ちください。只今問い合わせますので」

「恐れ入ります。よろしくお願いいたします」

頭を下げ、言われた通り、窓際の椅子のひとつに腰かけた。足を揃え、持っていた菓子折りを膝に置き、背すじを伸ばす。

今更ながら緊張してきた。もし会えたら、なんと言えばいいのだろう。昨夜考えたみたいに、お友達になってくださいって、こんな場所で、こんな時間に果たして言えるのだろうか。

一般企業で働いたことはないけれど、月曜日の朝一で、そんな話をされても迷惑だろうということはなんとなくわかる。ここはまずお詫《わ》びだけして、後日また時間を作ってもらう方がいいのかもしれない。

いや、そうしようと思い直したとき、その場の空気が少し変わった気がした。思わず辺りを見渡すと、建物の奥からルカ様がこちらに向かって歩いてくるのが見えた。まるで戦場を歩く戦士のような歩き方だ。

真っ黒なスーツを着た姿は一見すらりとして見えるけれど、そのからだは見かけよりがっしりとしていることをわたしは知っている。

緊張感が消え、違うドキドキで胸がいっぱいになった。わたしは、本当に恋をしているのだ。

ルカ様が目の前まで来たので、慌てて立ち上がる。

「お、おはようございます。お仕事中にお呼び立てして申し訳ありません」

「いや」

ルカ様が目の前の椅子に座り、わたしにもそうするように勧めたので、また慌てて座った。

「先だっては大変ご迷惑をおかけしまして申し訳ありませんでした。改めてお詫びしたいと思って……。あのこれ、つまらないものですが」

風呂敷を広げ、菓子折りを出してテーブルの上を滑らせるようにしてルカ様の前に差し出した。

そっと顔を窺《うかが》うと、表情のない顔でお菓子の箱をじっと見ていた。

気に入らなかったかしら。美味《おい》しい羊羹《ようかん》なんだけど。よく考えたら洋菓子の方がよかったかもしれない。

「あの、お仕事中に急に押しかけて本当にごめんなさい。きょ、今日はこれで。も、もし改めてお時間をいただければとても嬉しいのですが」

「……時間なら今ある。おいで」

ルカ様はそう言うと、菓子折りの箱を片手に抱え立ち上がった。そして、もう片方の手をわたしの方に伸ばす。

お日様に照らされて、銀色の髪がキラキラと光って見えた。青い目はまっすぐにわたしの目を射抜いている。

頭で考える前に自分のからだが動いていた。我知らずに伸ばしたわたしの手は、あっという間に彼の手の中に納まっていた。

ルカ様はわたしの手を引いて立ち上がらせると、そのまま歩き出した。受付の彼に菓子折りの箱を預け、手をつないだまま外に出る。

「お、お仕事はよろしいのですか？」

「少しの間なら」

そう言うと、ルカ様はさっさと歩いてビルの隣にあるカフェに入った。行きつけらしく、店員さんに案内される前に、奥の窓際のテーブルに着く。すぐに店員さんがやってくると、ルカ様がわたしにメニューを渡してくれた。

「温かい紅茶をお願いします」

わたしが言うと、ルカ様は珈琲《コーヒー》を頼んだ。

改めて目の前に座った彼を見た。いつもと同じ黒いスーツ。銀の髪と青い瞳。行き交う女性が思わず振り返るほど素敵な人だ。徐々にわき上がってきたドキドキ感に、言わなければならない言葉が頭の中から消えていく。

じっと見つめている間に珈琲と紅茶が運ばれてきて、我に返った。ああ、いけない、またぼんやりしてしまった。

紅茶のカップに手を添えると、ルカ様も自分のカップを持ち上げ、珈琲を一口飲んだ。カップを置いたタイミングを見計らって、やっと言葉を発した。

「この度は本当に申し訳ありませんでした。あの、ルカ様にはお咎《とが》めはありませんでしたか？」

わたしのせいで、ルカ様が上司に怒られていたら本当に面目が立たない。

「……おとがめ？」

ルカ様が不思議そうな顔をした。ああ言葉がわかりにくかっただろうか。

「えっと、ルカ様は上司の方に怒られませんでしたか？」

言い直すと、ああと理解したように頷いた。

「その心配はない。きみの方は大丈夫だったか？　翌日から見なかったから」

ルカ様がわたしを気にかけてくださった！　嬉しさで不安がすべて吹き飛ぶ。

「お気遣いありがとうございます。両親と兄に怒られて、留守番を命じられてしまいましたが、いつものことですので」

あら、この言い方だと、いつもいつもわたしが問題ばっかり起こしているように聞こえたかしら？

一瞬心配になったけれど、ルカ様は気にしていないようだ。

「そうか。あれはこちら側のミスもあったから、きみだけのせいではなかったんだが。悪かったな」

まあ、なんてお優しい！　感動のあまり倒れそうだ。ああどうしよう、ずっと考えていたことを言うなら今しかない気がする。

「ルカ様。わたし、これまで幾度《いくど》となくルカ様にお助けいただいて、大変感謝しております。そして、これはもう運命の出会いだと思うのです。これまで男性のお友達はいたことがありませんので、どうすればいいのかもわかりません。ですから、大変申し上げにくいのですが、わたしとお友達になっていただけないでしょうかっ」

申し上げにくいとか言っておいて、思いっきり口にしてしまった。でも、一旦発した言葉は取り消せない。

ルカ様を見ると、少し驚いたような表情だった。ほぼ見ず知らずの女にこんなことを言われたら、大概の人は驚くかもしれない。

「わ、わたし怪しいものではありません。前にも申し上げましたが、名前は麻生雛子。二十四歳です。実家はご存知の通り呉服屋を営んでおり、その事務仕事を手伝っております。少し世間知らずなところがあるのは否《いな》めませんが、今後は決してルカ様にご迷惑をおかけするようなことはいたしません」

ああ、お友達になるのってこんなに大変なの？

「様はやめてくれ」

泣きそうになりながら、内心焦りまくっていたわたしに、ルカ様が言った。

「え？」

意味がわからなくて首を傾げる。

「ただのルカでいい。トモダチなら」

そう言って、ルカ様が微笑まれた。

「まあ。お友達になっていただけるのですね!?」

思わず席から立ち上がる。椅子がガタガタと鳴り、まわりの視線が一斉に集まったのを感じて、慌てて座りなおした。

「自分でも理由はわからないが、どうやらきみを助けることは必然のようだ」

ルカ様、いやルカ……さんが少し考えるような顔をして言う。そして、胸ポケットからケースを出し、さらにそこから名刺を取り出した。持っていたペンで名刺の裏に何やら書き、わたしに差し出す。

「ルカ・オージェ・芳野《よしの》。三十二歳だ。父はスイス人、母は日本人。半年ほど前に来日した。連絡してくれ。必ず時間を作るから」

そう言うと立ち上がり、そしてわたしの唇に二度目のキスをして立ち去った。唇にやわらかな感触がいつまでも残っているようだった。

またキスをされてしまった。トモダチにキスをするのは、やはり海外の方だからだろうか。

どのくらい呆然としていたのかわからない。ハッと我に返ったときにはすでに紅茶は冷めていた。

そしてもらった名刺を改めて見て、さらに驚く。

ルカ・オージェ・芳野。『芳野総合警備保障』ＣＥＯと書かれていた。


どうやって家にたどり着いたのか、自分でもよく覚えていない。カフェの紅茶代もすでにルカ……さんが支払ってくださっていたらしく、そのこともお礼を言わなければと頭の片隅に置いた。

どうだった？　と問う両親に、無事に会えて謝罪とお礼ができたことを告げると、ホッとしたようだった。

「疲れたでしょう？　上で少し休んでなさい」

母がボーッとしているわたしに声を掛けた。はっきり言ってちっとも疲れてなんかいない。でも別の意味で仕事は手につきそうになかったので、ありがたく自分の部屋に戻った。

床に座り、名刺を見つめる。ＣＥＯを辞書で調べたら、最高経営責任者と書かれていた。

つまり、ルカさんがあの会社の社長なのだ。ならば、あの会場での行動も納得できる。一番偉い人だから、終日わたしのそばにいてくださることができたのだ。彼より上の人はいないのだから、怒られる心配はなかったのだ。

よかったと思いながら、早速名刺の裏を見て、書かれている電話番号とメールアドレスを自分の携帯電話に登録した。

電話をかけるのは気が引けるので、とりあえずメールを打つことにした。

〝お仕事中に失礼します。先ほどはどうもありがとうございました。紅茶をご馳走になり申し訳ありません。今無事に家に帰り着きました。わたしの携帯番号とメールアドレスをお伝えします。またお会いできれば嬉しいです。雛子〟

これでいいだろうか。なんだかそっけない気がしなくもないけれど、男性のお友達に何を書けばいいのかなんてよくわからないし。いいやと、思い切って送信ボタンを押した。

目まぐるしく変わる自分の感情。これまで家族以外の男性と話すことなど滅多になかったし、近寄られるのも苦手だったのに、ルカ様、いやルカさんに対してはそんなことをまったく思わない。

綾女の言う通り、これが恋なのだ。

ルカさんにもっと触れて欲しい。唇で、その感触をもう少し長く感じていたい……

いやぁ!!　雛子、なんて不純なことを考えるの!?

思わず自分の顔に両手をあて、部屋の中を転げまわった。そのとき、携帯電話が鳴った。慌てて起き上がり、携帯を開いて見ると新着メールが来ていた。震える指でボタンを押すと、やっぱりルカさんからだった。

〝今週の日曜日は時間ある？〟

たったこれだけのメール。それでも、わたしを舞い上がらせるには十分だった。

「日曜日、日曜日！」

急いでカレンダーと手帳の両方を確認する。まあ見ても予定なんて何も書かれていないことはわかっている。お店は定休日だけど、兄と両親の許可は取らねばならない。ここでルカさんと会うことを正直に話して、また兄に邪魔をされては敵《かな》わない。ならばと、携帯を手に取り綾女に電話をかけた。

『いっつも同じこと言わせてもらうけど、今仕事中なんだけど？』

三回ほど鳴ったところで綾女の不機嫌な声が聞こえた。

「あのねっ、ルカ様に会えたの！　お友達になったの！　それで、今度の日曜日会えないかって」

『あら、よかったわね』

かなり感情のこもっていない声だ。でも気にしていられない。

「その日、兄様に綾女と会うって言ってもいい？」

『ふーん、雛子もやっと知恵がついてきたわね』

どういう意味か、詳しくは聞きたくないので無視する。

「もし兄様から連絡がきたらうまく言ってくれる？」

『千疋屋《せんびきや》のフルーツパフェ』

「……わかった、奢《おご》る」

『ＯＫ。雛子は存分に楽しんでいらっしゃいな』

最後は機嫌のいい声で、プツリと電話が切れた。

千疋屋は高級フルーツを扱うお店で、当然ながら、パフェもかなりお高い。多少痛い出費ではあるけれど、これでアリバイ工作はできた……はずだ。早速お返事をせねばと、メールの返信画面を開く。

〝日曜日は大丈夫です。あまり遅い時間でなければ〟

さすがに夜遅くまでウソをつき続ける自信はない。送信すると、今度はすぐに返事が返ってきた。

〝では午前十一時に〟

書かれていた言葉はそれだけだった。これは……我が家まで迎えに来てくださるということだろうか？　いや、それはダメだ。せっかくのアリバイ工作が無駄になってしまう。

〝差支《さしつか》えなければ、駅で待ち合わせでもよろしいでしょうか？〟

慌ててそう送ると、またすぐに返事が来た。

〝了解〟

ますます短くなったメール文を見ながら、安堵の気持ちが広がる。

ああ、日曜日が待ち遠しい。今日はまだ月曜日だから、一週間近くも先だ。兄に綾女と出かけると伝えることも、あんまり早いのもなんだし……週の半ばくらいに言えばいいだろう。

今度会えたら、もっとちゃんとお話ができますように。

まだお互いのことを、ほとんど知らないのだ。

お友達ならどこまで踏み込んだ話をしていいのだろう。女性ならともかく、男性のお友達はこれまでいなかったので、どうしたらいいのかさっぱりわからない。

でも、また彼に会えるのだということ。わたしのために本当に時間を作ってくれたということ。

それを考えると、これまでにないくらい幸せな気持ちになった。

6

金曜日に兄に話し、綾女にも再度念を押して、無事に日曜日を迎えた。あんまり余所《よそ》行きの格好をしたら怪しまれるので、そこそこで抑える。とは言え、そんなバリエーション豊かなワードローブは持ち合わせていないから、いつもの格好とほぼ変わりない。それでも念入りに髪を梳《と》かし、いつもより時間をかけてお化粧をした。

約束の五分前に着くように家を出て駅まで歩くと、いつも綾女が車を停めるそこに、滑《すべ》らかな流線型の黒い車が停まっていた。わたしがそれに気がついたのとほぼ同時に、その車の運転席のドアが開き、ルカさんが降りてきたのが見えた。慌てて小走りで近寄る。

「ルカさん、こんにちは！　お待たせして申し訳ありません」

「いや」

彼はそう言うと、助手席側に回ってドアを開けてくれた。

「あ、ありがとうございます」

お礼を言って、助手席に座った。革の座席にもたれると、しっくりとからだに馴染む。シートベルトをして肩掛けバッグを膝に置くと、ルカさんが運転席に乗り込んだ。ハンドルを握るのとほぼ同時に、車が滑りだすように動く。なんだかドキドキしてきた。

どこに行くのか、聞くのは野暮《やぼ》だろうか。

「お休みの日にわざわざありがとうございます」

運転をする彼を見ながら言った。ルカさんはちらりと一瞬だけこちらを見て、また視線を前に向けた。

「こっちこそ、せっかくの休みに悪かったかな」

「あ、いえ。普段からわたしは接客はしていなくて事務仕事ばかりですし。それもたいして忙しい仕事ではないので、日々まったく疲れることはありません」

……ああ、自分で言ってちょっとショックを受けてしまった。

元々呉服屋というのは人が大挙して押し寄せる店ではない。特に我が家のような個人店では、お得意様か業務提携している企業とのやり取りくらいしかない。

だから必然的にわたしのやることも少ない。それでも家業としてやっていけているので、やはり父や兄が頑張っているのだろう。

それに比べ、いてもいなくてもいいわたしの存在価値はなんだろうか。こんなに甘えた生活をしているのに、一生懸命働いているルカさんと一緒にいるなんておこがましいのかもしれない。

一人凹《へこ》んでいると、頭の上に手が乗った。

驚いて振り向くと、ルカさんが前を向いて運転しながら、片手をわたしの頭に伸ばしていた。乗せているだけなのに、温かさが伝わってきて、まるで慰《なぐさ》められているようだ。

思わず涙があふれそうになるのを瞬《まばた》きで振り払い、改めてルカさんを見た。

「これからどちらへ？」

「とりあえず昼食を食べに。俺はまだ来日して日が浅いから、評判の店を教えてもらった」

「まあ。お気遣いありがとうございます」

車は大きな幹線道路を走っている。本当に他愛ない話をしながら、二十分ほどしたところで目的のお店に到着したらしい。

そこは純和風の建物で、木の門をくぐると日本庭園が見えた。駐車場に車が停まる。またルカさんが扉を開けてくれ、手を差し出された。迷うことなくそこに自分の手を乗せると、ふわりと浮くような感覚で車から降ろされた。

「会席《かいせき》料理というものらしい」

お店の入り口に向かう間も、ずっと手をつないだままだった。お友達って手をつなぐものなの？疑問に思ったけれど、それを言ったら離されそうだったので、それに関しては黙ったままでいた。

どうやらわたしは、彼とずっと手をつないでいたいらしい。その考えに思い至り、一人あたふたする。

大きな玄関に入ると、お店の方が待ち構えるようにそこに座っていた。

「芳野様、ようこそお越しくださいました」

着物を着たその女性が深々と頭を下げた。

「どうぞ、お履物を脱いでお上がりください」

そして、揃えられたスリッパを指し示す。

靴を脱ぐときにつないでいた手が離れた。ちょっと寂しく思いながら、自分の靴を脱ぎ、スリッパを履く。

「どうぞこちらに」

女性が先に立って歩き出した。その後に続くルカさんの後ろを歩く。長いピカピカの木の廊下を進みながら、見事な庭園を眺めた。

綾女の家の庭によく似ているなと思いながら歩いていたら、よく滑る廊下に足を取られ、思わずルカさんの背中に頭突きしてしまった。

「大丈夫か？」

振り返ったルカさんが咄嗟《とっさ》にわたしの腕を掴んだ。

「す、すみません。滑ってしまいました」

焦っていると、また手がつながれた。嬉しい反面、やっぱり恥ずかしい。どうしていつもいつもこうなるのだろう。

女性が一番奥まった部屋の前で止まり、すっとふすまを開けた。

中は十畳ほどの和室で、床の間《とこま》には掛け軸と生け花。真ん中には立派な木のテーブルがある。用意されていた座布団はふかふかで、ルカさんと向かい合って座った。

「お酒はいかがいたしましょう?」

女性が問う。

「車なので結構です。雛子は? お酒は飲める?」

「いいえ、わたしも結構です」

「では、すぐにお食事をお持ちしますので、しばらくお待ちください」

丁寧にお辞儀をして、女性が部屋を離れた。

開け放たれたふすまの向こうには庭園が広がっている。まるで切り取られた絵のようだ。

「素敵なお店ですね。ルカさんは日本料理がお好きですか?」

お座布団の上にあぐらで座ったルカさんを見た。いかにも窮屈そうにしながら、彼が頷く。

「母がよく日本食を作っていたから食べ慣れてはいるけれど、こういうのは初めてだ」

「以前にも申しましたが、日本語がとてもお上手ですね」

彼が個人的なことを話してくれるのはとても嬉しい。わたしがそう言うと、少しはにかむような表情を見せた。

「母は家では日本語しか話さなかったから」

へえと頷いたとき、微《かす》かな足音がして先ほどの女性が戻ってきた。

「お待たせいたしました」

そう言い、彼とわたしの前に先付《さきづけ》の小鉢を数種類並べた。

「いただきます」

そう言って、ルカさんがお箸《はし》を手に取り、珍しそうにお料理を口に運んだ。その様子を見てから、わたしも同じようにいただきますを言って、お箸を手に取った。

先付のお料理はどれも手が込んでいて、盛り付けもキレイだ。もちろん、とても美味《おい》しい。

「美味しいですね」

わたしがそう言うと、ルカさんも頷いた。

先付の後にはお吸い物として土瓶蒸しが出てきた。

「これは、どうやって食べるんだ？」

さすがのルカさんも困った顔をしている。ようやくわたしでもお役に立てるときが来たようだ。

「まず、すだちを取ります。それから、お猪口《ちょこ》——この上に乗っている小さなコップのようなものですね。それを取ります」

わたしがすだちを取ってお猪口を持ち上げると、それをじっと見ていたルカさんが真似る。

「一度蓋《ふた》を開けて、中を見てもいいんですよ」

言いながら土瓶の蓋を開ける。松茸のいい香りがした。

「それからお猪口に汁を注いで、一杯いただきます」

蓋を戻し、土瓶を持ち上げてお猪口に注ぐ。それをまたルカさんが真似た。

「うん、美味《うま》い」

お猪口を傾け、ぐびっと飲んだルカさんが言った。

「二杯目はすだちを搾《しぼ》っていただきます」

ふむふむと頷きながら、ルカさんが大きな手ですだちを絞る。

「後は、中の具を食べます。この後は自分の好きな順番で大丈夫ですよ」

一通り食べ終わると、ルカさんが満足げな顔になる。

「美味かった。雛子はこんな難しいことをよく知っているな」

ルカさんが感心したような表情を浮かべている。

「本当に。今時のお若い方には珍しいほどきれいなお作法ですね」

返事をしようとしたところで、次のお料理を持ってきたお店の方にも言われてしまった。

「恐れ入ります」

ルカさんに褒《ほ》めてもらえたことがものすごく嬉しかった。食事のマナーについては学院でかなり厳しく学んだので、自然と身についていたようだ。

ルカさんには散々なところばかり見られているから、これでわたしの株が少しでも上がってくれれば嬉しい。

その後、次々と運ばれてくるお料理をルカさんに説明しながら食事を続けた。会席《かいせき》料理は種類も多く、食べ方も様々なので結構難しい。それでもルカさんは、とても上手にお箸《はし》を使い、珍しそうにすべてを食べた。その動きは優雅で、来日半年とは思えなかった。さすがは大企業のトップだ。

「そういえば、ルカさんはあの会社の社長さんだったんですね。社長自ら警備をなさっていたとは知らず、色々と申し上げてすみません」

思い出してそう言うと、ルカさんが照れたように微笑まれた。

「いや。元々は母方の親族の会社なんだ。前社長が、跡取りに俺を指名した」

「まあ。それでスイスから？」

驚くわたしにルカさんが頷く。

「ちょうど前の仕事を辞めたところで、どっちも似たような仕事だったし、この国に興味もあったから。母は、日本にはもう大和撫子《やまとなでしこ》はいないと言っていたけれど、それは嘘だったみたいだ」

ルカさんはそう言うと、わたしをじっと見て、そして微笑んだ。

思わずうっとりとしてしまう微笑みだ。

「恐れ入ります」

頬が赤くなるのが自分でもわかる。

大和撫子だなんて、ルカさんから言われるなんて、なんて光栄なのだろう。

今ほどあの堅苦しい学校に通ってよかったと思ったことはない。本人にまったく才能がなくても、二十年近く在籍していれば、嫌でも所作が正されるのだ。

思わず踊り出したくなるくらい、ウキウキした気分で、ルカさんと会話をしながら楽しく食事を続けた。


「観覧車に乗らないか？」

食事を終えたルカさんと車に乗り込んだとき、彼が言った。

「観覧車、ですか？」

「そう。東京を一望できるらしい」

そう言うと、ホームページを印刷したらしき紙を渡された。海沿いの公園の中にある巨大な大観覧車。関東一円を望めると書いてあった。わたしも乗ったことがなかったので、俄然《がぜん》興味を覚えた。

「素敵ですわ。わたしも乗ってみたいです」

「では行こう」

ルカさんはそう言うと、ゆっくりと車を発進させた。車は大きな道を走り、やがて高速道路に乗る。すぐに海が見えてきて、少し開けた窓から潮の香りがした。目をやると、大観覧車が見えてくる。

「ルカさん、きっとあれです！」

わたしが声を上げると、ルカさんもその方向を見た。ここからでも見えるということは、かなり大きいのだろう。

それから間もなく、公園の駐車場にルカさんが車を停めた。天気のいい日曜日だから、大勢の人がいた。観覧車にも当然ながらたくさんの人が並んでいる。

近くで見る観覧車は想像以上に大きく、本当に動いているのかと思うくらい、ゆっくりと回転していた。

チケットを買っていただき、二人で列に並ぶ。こんな体験も学生の頃以来だった。徐々に順番が近づいてくると、待ちきれなくてドキドキしてきた。

「高いところは平気か？」

尋ねてきたルカさんに頷く。

「はい、全然平気です」

校舎の二階の窓から木を伝って降りられるくらいには、と心の中で付け足す。

係りの方にチケットを渡し、いよいよというところで、カメラを持った別の係りの人が記念写真の撮影をしていた。

「一枚いかがですか？」

そう尋ねられ、ルカさんの顔を見上げると、彼がわたしの肩を抱いて進み出た。

「撮ってもらおう」

撮影台の上に立ち、背の高いルカさんがかがみこんで顔を寄せる。内心のドキドキを隠し、腰に回った手の温かさを意識しながら、精一杯の笑顔を作った。

写真を撮り終え、ようやくゴンドラに乗り込む。空調が効いているのか、少し涼しい。ルカさんと向かい合って座り、ゆっくりと動いていく様をじっと見つめていた。

ゴンドラが上がると、徐々に景色が開けていく。片側には東京湾、反対側は都心が一望できた。

「まあ、なんて素敵」

海は太陽の光を受けてキラキラしている。ビル群は圧倒されるほど壮大だ。まだ昼間だから建物もはっきりと見えるけれど、夜はきっと夜景がキレイなのだろう。

「あれがスカイツリー？」

ルカさんが指さしながら言った。よく見えなかったので、ルカさんのお隣に移動してその方向を見ると、確かに高いタワーが見えた。

「そうですね、あれがそうです。で、こちらに見えるのが東京タワーですね」

ビルの間から見えた赤いタワー。それより高いタワーができても、その存在感はまだ大きい。こんなふうに見るのも初めてだったので、気分がどんどん高揚していく。

「来日して半年、ずっと会社に時間を取られてばかりだった」

ルカさんがぽつりと言った。目を向けると、彼は景色をじっと見つめていた。そうか、慣れない国に来て、ずっと頑張ってこられたんだ。彼の苦労を思うと胸が痛くなる。

ルカさんがフッと視線をわたしに向けた。そして微笑む。

「ようやく落ち着いたし、雛子というトモダチもできたから、これからは雛子が日本を案内してくれないか?」

「まあ! 光栄ですわ。わたしでよければ喜んで」

これから何度もルカさんにお会いできるのだ。そう考えるだけで心が舞い上がる。今はまだ〝トモダチ〟でも、これからその関係がもっとロマンティックなものに変わるかもしれないし。

「じゃあ、約束だ」

ルカさんはそう言うと、すっと顔を寄せる。あっと思う前に唇が触れていた。三度目のキスは、観覧車の頂上。

その後、若干ぎくしゃくしながら景色を楽しみ、二十分弱の空の旅は終わった。ゴンドラを降りて出口に向かったところに、先ほど撮ってもらった写真が展示されている。

観覧車を背にした、ルカさんとわたしの写真。とても嬉しそうな自分の笑顔は、じっくり見るには少し照れくさい。

ルカさんはその写真を二枚買い、一枚をわたしにくれた。

「まあ、どうもありがとうございます」

「いい記念になった」

ルカさんはそう言い、わたしたちはまた手をぎゅっとつないだ。


ルカさんをご案内するという大役をいただいてしまったけれど、どこにご案内すればいいのか、すでに途方に暮れていた。観覧車からの帰りにまた来週と約束してしまったので、考える時間はそれほど多くない。

東京に住んでいるけれどあまり出歩かないので、何もわからない。ガイドブックを買ってみたけれど、今度は選択肢の多さに目眩《めまい》がしそうだった。

「ねえ、どこがいいと思う？」

有休だったという綾女を呼び出し、約束通り千疋屋のフルーツパフェをご馳走した。わたしがガイドブックを見ながらうんうん唸っているのに、綾女はご機嫌でパフェを食べている。

「やっぱりスカイツリーがいいかしら」

東京の観光名所と言えば、今はここが一番のようだ。ガイドブックのページ数も一番多い。

「スカイツリーに昇って、その後浅草寺《せんそうじ》に行けばいいわよね？」

仲見世通《なかみせどお》りは外国の観光客にも人気のようだ。ルカさんは観光客ではないけれど、案内するという意味では同じだろう。よしよしと早速スケジュールを立てようとしたら、綾女に止められた。

「ちょっと待って雛子」

「何？」

「それって、もちろんアリバイにわたしを使うわけでしょ？」

「ええ。だって綾女しかいないじゃない」

今更何を言うんだろうと思っていたら、綾女が心底呆れた顔をした。

「よく考えなさいよ。わたしがあんたとスカイツリーとか浅草寺にわざわざ行く？」

もちろん行くわけがない。綾女がそんな場所に興味がないのは知っている。

「でも、一緒に行くのは綾女じゃないわ」

「あんた、一矢お兄様のことを忘れてない？　お兄様は必ずＧＰＳで検索して、浅草だかスカイツリーにいるあんたを確認する。そこで思うことは、わたしが本当にそこにいるのか？　ってことよ」

「あ……」

確かに。兄に綾女とスカイツリーに行くと言っても、信じてもらえない可能性の方が高い。

「じゃあどうしたらいいの？」

綾女が行きそうな都内の観光名所なんて、まったく思いつかない。

「そうねぇ」

綾女がわたしの手からガイドブックを奪い、パラパラと眺める。

「ないわね」

あっさりそう言って雑誌を置いた。

「そんなぁ」

情けない声を出すわたしを、綾女がまた呆れた顔をして見る。

「悩むくらいなら、ルカさんにご両親へごあいさつしていただきなさいな。ご案内という大義名分もあるし、ルカさんには借りがあるのだから、頭ごなしの反対はされないわよ。そしたら好きなところに行けるでしょ」

そうか、嘘をつこうと思うからダメなんだ。それに、もしもバレたときのことを考えると、ルカさんの心証も悪くなってしまう。それは絶対に避けたい。

「そうね、そうしていただくわ」

綾女と別れて家に帰り、まずルカさんにメールをすることにした。今度の日曜日はスカイツリーをご案内したいこと、自宅まで迎えに来て欲しいことを書いて送る。

すると、五分も経たない間に返事が来た。

〝楽しみにしている。ご両親にもぜひあいさつをさせていただきたい〟

そう書かれたルカさんからのお返事にホッとして、その夜、食事を終えた後に思い切って両親と兄に打ち明けた。

謝罪した際にお友達になり、まだ来日されて日が浅いルカさんをご案内する役目を仰せつかったこと。

最初はみんな渋い顔をしていたけれど、ルカさんが大企業のＣＥＯだということと、日曜日に来られた際にごあいさつをしてくださるということで、まだ戸惑ってはいたけれど許可はもらえた。

情けないけれど、展示会での騒動の件を考えたら両親も兄も反対できなかったようだ。

と、いうことで、翌日からまたガイドブック片手に当日の予定を考えていた。

「予定表を出せよ」

兄からそう言われたのは金曜日の夜のこと。

「予定表？」

「そうだ。人を案内するということは、お前はいわばツアーの添乗員のようなものだ。ツアーにはタイムスケジュールが必要だろう？」

兄にそう断言されてしまうと、反論できない。ルカさんとのお出かけが果たしてツアーと同じなのだろうかと疑問に思ったけれど、単純なわたしはガイドブックと睨《にら》めっこしながら、自分なりのスケジュールを考えてみた。

朝九時に迎えに来てもらい、スカイツリーに直行。展望台に昇り、景色を堪能した後、隣接する施設を回る。お昼は浅草のお蕎麦《そば》屋さんで食べ、仲見世通りを見ながら浅草寺へ。

ここまで書いたところで行き詰まった。これだと夕方前には予定が終わってしまう。せっかくルカさんとお出かけするのだから、会っている時間はできるだけ長くしたい。かといって、これ以上どこを回ればいいのか何も浮かばない。

いくら考えても思いつかないので、翌朝兄に途中までの予定表を渡した。兄はただ「年寄り臭いな」とだけ言った。

まったく失礼しちゃう。一生懸命考えたのに。

ムカついたけど、ここで反論すればお出かけ自体がなくなってしまうかもしれないので、何も言わないことにした。

そして日曜日。朝九時ぴったりにルカさんがやってきた。まだ戸惑い顔の両親だったけれど、ルカさんが直接ごあいさつをしてくださったお陰で、ようやく納得してくれたようだった。兄だけは渋い顔をして、

「夕飯までには帰ってくるように」

と念を押した。内心かなりがっかりしたけれど、気を取り直して家を出る。

ルカさんの運転で、予定通りスカイツリーに向かう。天気も良好で、この分だと景色もよく見えそうだ。

遠くからは見たことがあったけれど、実際に来るのは初めてだった。近づくにつれ、その巨大さに目を見張る。

ルカさんが車を近くの駐車場に停めた。ドアを開けて降りると、ルカさんが手を差し出す。迷わずその上に自分の手を重ねると、温かく包み込まれた。

ルカさんに手を引かれて歩き出す。からだが羽のように軽くなったように感じた。まるで雲の上

を歩いているみたいだ。

文字通り、わたしは浮かれているのだ。

タワーの真下まで行き、首が痛くなるほど上を見上げて、ようやく全貌を見ることができる。後ろに転びそうになったけれど、ルカさんが支えてくれた。

「大きいですね！」

思わず感嘆の声を上げると、ルカさんも頷いた。

ああもう。自分が案内する立場なのに、見入ってどうするのだ。反省しつつチケット売り場に向かうと、すでにかなりの行列ができていた。最後尾に並び、前売り券を買えばよかったと後悔したが、ここで後悔しても遅い。結局三十分ほど並んでようやくチケットを買うことができた。

さらに混雑したエレベーターに乗り込む。ぎゅうぎゅうと押されて足がもつれそうになったところで、ルカさんが両腕を回してわたしを抱きしめるような体勢を取った。押し付けられた胸は固く、一気にわたしの心臓が跳ねる。足は宙に浮いていて、まるで人形のようにルカさんに抱きしめられていた。

ああ、こんなことって。

男の方にこんなふうに抱きしめられるのは初めてだ。いや、どんなふうでも抱きしめられたことはない。父や兄ならあっただろうが、覚えていないし、家族なのでカウントしない。

心臓が口から飛び出そうなほど、大きく動いていた。どうしよう。今のこの状態が嬉しくて仕方がない。はしたないと思うのに、喜びの方が大きかった。

ずっとこのままでいたかったけれど、速いと評判のエレベーターは、評判通り、あっという間に三百五十メートル上空の展望台に到着した。

大勢の人が一斉に動き出す。半ばルカさんに抱きかかえられた状態で、押し出されるようにエレベーターから降りた。

「大丈夫か？　雛子」

肩を抱いたまま、ルカさんが覗き込む。

「は、はい。平気です」

いや、実際はまったく平気ではない。わたしの心臓は百メートルを全力疾走したみたいに、激しく動いていて、一向に治まる気配をみせないのだ。

男の人に、いや好きな人に抱きしめられるとこんな気持ちになるのか。

大きく深呼吸をして、自分をなんとか落ちつかせようとした。そして、まだ心配顔のルカさんに微笑みかける。

「すみません。では参りましょう」

大勢の人を掻き分けて前に進むと、突然視界が開けた。

「まあ！」

そこには、驚くほど遠くまで景色が広がっていた。

ルカさんに促《うなが》され、恐る恐る手すりに掴まる。下を見ると、足がすくむほど高い場所にいるのがわかった。改めて、どこまでも続く景色を見た。

「すごいですね」

「ああ」

ルカさんも驚いたように景色を見ていた。

人の流れに沿って一周回り、さらに上の展望回廊に上がった。澄んだ空の下、一面に広がる関東平野は圧巻だ。

「こんなにすごいとは思わなかったな」

ルカさんが言った。目を細めて遠くを眺める横顔をこっそりと見上げ、改めて彼の美しさに目を奪われる。

そのとき、ルカさんの手がわたしの手を握った。そして、わたしに微笑む。

「連れてきてくれてありがとう」

感謝の言葉を聞いて胸がいっぱいになった。誰かの役に立つということは、これほど誇らしい気持ちになるのか。

嬉しい気持ちと同時に、そんなことも知らずに過ごしてきた自分が情けなかった。

わたしは本当に、何もできない子どもだったのだ。そんな女が、こんな立派なルカさんに相応《ふさわ》しいのだろうか。お友達からそれ以上の関係を望むのなら、わたしはもっと努力をしなければいけない。

その後、予定通り隣接の施設をめぐり、浅草で評判のお蕎麦《そば》を食べた。大勢の観光客で賑《にぎ》わっている仲見世通りを歩き、ひとつひとつの店を丁寧に見て回る。浅草寺でお参りを終えた頃には、夕方近くになっていた。

帰りの車の中で、徐々に暗くなってきた空を見て、少し物悲しい気持ちになった。ついさっきまでは楽しさでいっぱいだったのに、もうすぐお別れかと思うと涙が出そうだ。

長い時間ルカさんと過ごせたことは、信じられないくらい幸せで、ほとんどずっとつながれていた手には、今もルカさんの手の感触が残っている。

もっと一緒にいたい。はしたないと思っても、それは止められない感情だった。

「今日は楽しかった」

家のそばに車を停め、ルカさんが言った。楽しんでもらえたなら、とても嬉しい。

「また、一緒に出かけよう」

彼の顔が近づいてくるのが見え、自然とわたしも動いていた。迎えるようにして受けたキスは、これまでよりも長く感じた。

玄関まで送ってくれたルカさんを、仏頂面の兄が出迎えた。言われた通り、夕飯までには帰ってきたので文句は言われない。もちろん、スカイツリーにいたときも、浅草にいたときも、兄がわたしの居場所を調べていることはわかっていた。自分の携帯電話に、兄が検索した記録が残っていたからだ。わたしだってバカじゃない。説明書を読み返したら、誰がいつ調べているのかがわかると書いてあった。今日は兄に渡した予定通りなので、文句のつけようはないはずだ。

兄と共にルカさんを見送った。立ち去る後ろ姿を見て思わず泣きそうになったけれど、グッと我慢してそれを堪《こら》えた。

7

その後も、ルカさんとわたしは日曜日ごとに出かけた。ガイドブックに載っている主要な場所を順番に巡っている。

最初はいぶかしんでいた両親も、毎回ルカさんが丁寧にごあいさつをしてくださったお陰で、渋い顔はしなくなった。

でも兄だけは出かけるたびにＧＰＳでチェックすることを止めなかった。もちろん、やましいことは何もないし、ルカさんもそれがわかっているのか、決してわたしが嘘をつかなくてもいいように行動してくれている。

ただひとつ、兄にも両親にも話していないことがある。

それは、帰り際にルカさんがわたしにキスをすることだった。見かけ以外はとても日本人らしいルカさんなので、その瞬間はいつも驚いてしまう。

恥ずかしながら決して嫌ではなく、期待している部分もある。ただ、果たしてそれがあいさつのキスなのか、本人にはとても聞けないので、一人悶々《もんもん》としていた。思い切って綾女に電話で相談してみたら、自分で考えなさいと切り捨てられた。

そんな日々が続くこと数週間。季節はすっかり秋を迎え、日が落ちてから吹く風も冷たくなってきたとある金曜日の夜、ルカさんにご夕食に誘われた。

夕食に誘われるのは初めてのことだったけれど、これまでの実績のせいか、両親は許してくれた。

今日はルカさんの友人らも一緒とのこと。いつもよりも緊張しながら、居間で迎えに来るルカさんを待っていると、兄が苦虫を噛み潰したような顔で店から上がってきた。

「今から出かけるのか？」

朝から伝えてあるのに、わざわざ確認するのが兄らしい。

「お父様にはお許しいただいてるわ」

顔を見づらいので、ありもしないスカートのしわを伸ばしながら答える。

「最近、多すぎないか？」

冷蔵庫を開けながら、兄が独り言のように言った。

「言ったでしょ。来日してからずっとお仕事で、今やっと自由時間が取れるようになられたのよ」

以前も言ったことをくり返すと、ふーんと気のない返事があった。そして冷蔵庫から出してきたお茶のペットボトルを手にわたしの前に座る。

「雛子、お前がどういう気持ちで行動しているのかわからないが、自分が年頃の女性だということをもっと自覚しろ」

「自分の年齢くらい知っているわ」

何を言ってるのかと頬を膨らませると、兄がお茶を飲みながらあからさまにため息をついた。

「お前たちが何を考えているのか、さっぱりわからん」

お前たちって、ルカさんのことも入っているのかしら？　疑問に思ったそのとき、インターホンが鳴った。いつものように、わたしが立ち上がるより先に兄が動く。顔を顰《しか》めながら応対する様子を見ると、やはりルカさんのようだ。

急に胸がドキドキしてきた。この服は大丈夫だろうか、お化粧をもっとした方がいいだろうか。今更って言葉が頭の中を飛び回る。

一人アワアワしていると、居間にルカさんが入ってきた。その瞬間、部屋の中の空気が変わった気がした。

ルカさんは仕事帰りらしく、いつもの黒っぽいスーツ姿だ。兄と並ぶとその体格の違いに驚く。兄とそんなに背はかわらないのに――ルカさんの方が少し高いけれど――からだつきは一・五倍くらいだ。でも、それを感じさせないくらい、ルカさんはしなやかに動く。

「こんばんは」

低い声が耳をくすぐる。慌てて立ち上がり、スカートのしわを伸ばす。

「こんばんは！」

ついでに髪の乱れ……てはいないけれど、一応手で整えた。視界の隅で、嫌そうな顔をした兄が見えるが、もう知ったことではない。

急いでハンドバッグを持ち、ルカさんのそばに行こうとしたそのとき、兄が彼の隣で手に持っていた蓋《ふた》のないペットボトルを落とした。わたしが声を出す前に、ペットボトルはルカさんの手の中に収まっていた。中身は一滴もこぼれていない。

「ああ、申し訳ない。手が滑ってしまった」

ルカさんからペットボトルを受け取った兄が、いけしゃあしゃあと言った。絶対わざとだ。わざとに違いない。そう思い、半ば兄を睨《にら》みながら近寄ると、兄はわたしを見て肩をすくめた。

「あまり遅くなるなよ」

玄関まで兄に見送られ、ルカさんと外に出た。目の前に彼の黒い車が停まっている。ルカさんが助手席のドアを開けてくれたので、お礼を言って乗り込んだ。彼が運転席に座ると、すぐに車が動き出す。

「先ほどは兄が申し訳ありません」

謝罪をすると、ルカさんがちらりとこちらを見た。

「何が？」

「お茶のことです。きっとわざと落としたんだと思います。でも、ルカさんがうまく受け止めてくださったから」

「ああ」

前を見たまま、彼は頷く。

「それにしても、ルカさんは身のこなしが素早いのですね。わたし、びっくりしました」

思えば、何度か助けていただいたとき、彼の動きはいつも俊敏だった。社長という立場なのに、実際の現場で働いていらっしゃるのもすごいと思う。

「ルカさんの会社の方は、皆さんあのように俊敏でお強くいらっしゃるのでしょうか？」

「……軍で、相当鍛えられたからな」

「ぐん？」

「軍隊だ」

聞き慣れない言葉に、思わず声が詰まる。驚いているわたしをまたちらりと見て彼が続けた。

「スイスは徴兵制度があって、兵役につくことが義務付けられているんだ。俺は兵役後も残って、そこでみっちり訓練した成果が、今の仕事に役立っているかな」

自嘲気味に笑う。

「そうでしたの」

そうか、軍隊にいらっしゃったのか。スイスは自国の兵力を高めることで永世中立国として成り立っていると授業で習った気がする。その軍隊にいたのであれば、訓練も相当過酷だっただろう。

ああ、だから彼が戦士のように見えたのだ。王子様のような風貌の中に、鋭さが隠れていた。その正体がようやくわかって、すごく納得した自分がいた。

「どうしてお辞めになられたのですか？」

「……怪我をしたんだ」

前を向いたまま、ルカさんが左手を上げた。これまで気がつかなかったけれど、手の甲に白っぽい傷が真横に走っている。

「まあ。大丈夫なのですか？」

「一時はもう動かないかもしれないと言われたが、今は少し痺《しび》れる程度で、日常生活にはまったく支障はないんだ」

その言葉に嘘はないだろう。だって、これまで不自由しているところを見たことがない。それでも、軍隊を辞めなければならないのだろうか。そんな厳しい世界で、彼は生きてきたのか。きっとご家族も心配されただろう。

「そう言えばルカさんにはご兄弟がおられますの？」

「弟が一人」

「弟さんも軍隊に？」

「ああ。だが、あいつは俺ほど長くはいなかったよ。今は普通の会社員だ」

弟さんも、彼によく似ているのだろうか。悪い意味ではなく、ルカさんはどう見ても普通の会社員には見えない。いつか、彼のご両親や弟さんにもお会いできたら嬉しいな、なんて思っていると、車は大きなビルの中の駐車場に入った。

ルカさんに手を引かれ、車から降りて駐車場から店内に入ると、そこは広大なファッションビルだった。家の近くにある建物に似ている。

ああ、あのときも確か兄に邪魔されたんだった。嫌な記憶を振り払いつつ、ルカさんに導かれるまま歩く。

別れ際のキスと同様、手をつなぐことも当然のようになっている。ショーウインドーに映るわたしたちは、小さな子どもとその引率の大人のように見えるけれど、それを恥ずかしいとか、振り払おうとか、そんな感情は一切なかった。彼と手をつなぐことを、わたしは至極当然のことと感じていた。別れ際のキスも同じだ。

ああ、またわたしはキスのことを考えている。はしたないと思いながら、それでもその感触を思い出さずにはいられない。

それを顔に出さないように必死で堪《こら》えていると、ルカさんの足が止まった。いつの間にか飲食街のエリアに来ていて、目の前にはとてもおしゃれなイタリアンレストランがある。

またイタリアンか……。この前の記憶がまたよみがえってきた。でも、この前と違うのは、兄に許可をもらっていること、そしてルカさんと一緒だということだ。

店に足を踏み入れると、すぐにテーブルに案内された。窓際の大きなテーブルにはもう数人の男女が座っていて、食事を始めている。窓の向こうには真っ黒な海が広がっていた。

「お、やっと来た」

こちらに気づいた一人の男性が手を上げた。同時にそこにいた全員が振り向く。一斉に視線を浴び、思わずルカさんの手を握りしめてしまった。

テーブルに近寄ると、ルカさんはそっとわたしを前に出して言った。

「麻生雛子さんだ」

慌てて頭を下げる。

「はじめまして、麻生雛子と申します。よろしくお願いします」

顔を上げて改めて見ると、テーブルにいたのは、スーツ姿の男性が三人、そしてシックな装いの女性が三人。みんなルカさんと同年代と思われる人たちで、日本人のようだ。

「社長が最近ようやく仕事から離れた理由が、こんなにキレイなお嬢さんだったとはね」

一人の男性がわたしを椅子に案内しながら言った。隣に座ったルカさんは表情を変えない。社長ということは、ルカさんの会社の方なのだろうか。

「本当にお人形さんみたいね」

わたしの目の前に座っている女性が言った。なんとなく視線が冷たく思えるのは気のせいだろうか。

「えっと……恐れ入ります」

また頭を下げると、今度はグラスが目の前に置かれた。続いて料理の取り皿も。

「適当に頼んだから、好きなのを食べて」

人懐っこそうな顔をした別の男の人が言い、わたしのグラスにワインを注ごうとした。その手を、ルカさんが止める。

「彼女は飲めない。俺も」

そう言うと、ウェイターを呼んで、お茶と炭酸水を頼んだ。

「ありがとうございます」

そっとお礼を言うと、ルカさんはちらりとわたしを見て微笑んだ。そんなルカさんを皆さんが驚いたような顔で見た後、遅まきながらと自己紹介をしてくださった。

全員ルカさんの会社の社員で、男性は直属の部下ということだ。女性も警備のお仕事をされているそうだ。驚いたけど、よく見ると皆さんとても鍛えられたからだをしている。そして、残念ながらまた全員のお名前を覚えきれなかった。

食事の間中、皆さん楽しそうに会話をしている。部下と言う割にはルカさんと親しくお話ししているので、上下関係を超えた関係なのだろうか。

賑《にぎ》やかな食事が続く中、女性の一人がわたしに聞いた。

「雛子さんって、もしかして聖女学院出身とか？」

「はい」

頷くと、おおーという声が上がった。この反応には慣れているのでたいして気にはしていない。聖女はある意味、不可思議な世界として有名なのだ。

「うわ、本物のお嬢様なんだ！」

「あの学校って、授業でフルコースの料理とか作るんでしょ？」

口々に言われ、一瞬戸惑う。確かに、調理実習は嫌というほど行われた。だけど昔から料理は苦手だったので、高等部に上がった頃にはそれなりに対処する術《すべ》を身に付けていたのだ。

「確かに、その授業はありました。ですがわたしはお料理は苦手ですので、代わりに農作業に出ていました」

「農作業？」

女性たちが目を見開いている。

「はい。お料理をしない代わりにお野菜を育てるのです。学院の畑はシスター遠藤《えんどう》という方がすべて管理なさっているのですが、シスター遠藤は、いい畑を作るにはミミズが一番だとおっしゃられていて、土を掘ればミミズがうようよ出てくるんです。最初は怖かったのですが、調理実習をやるくらいならばと耐えました。慣れてくると可愛く思えるものですね。それに、確かに美味《おい》しいお野菜がたくさんできましたもの。そう、このサラダのような」

大きな器《うつわ》にみずみずしいサラダが山盛りになっていた。自分の小皿にとって食すと、レタスのパリパリとした歯触りがとてもいい。

「……ミミズ」

呆然とした声に顔を上げると、女性の方と一緒に男性方も驚いた顔でわたしを見ていた。知らない人は学院のことをヒミツの花園のように思っているけれど、現実はこんなものだ。

「他には？」

「えっ？」

隣から聞こえてきた低い声。振り向くとルカさんもわたしを見ていた。他の方みたいに呆然とした感じではなく、楽しそうな顔だ。

「他にもあるか？」

学院の話なら、それこそ山のようにある。

「えっと、着衣泳《ちゃくいえい》というのが年に一度ありました。水着ではなく、普通のお洋服を着て、いざというときに備えるというのが目的なのです。が、わたしはその意義を見出せなくて、小学部のときから逃げていたんです。最初はただその時間をサボっていたんですが、その度に罰を受けるので、ある年考えました」

「……な、何を？」

そう言ったのは目の前の女性だった。興味津々な表情にちょっと嬉しくなる。

「わたし、実家が呉服屋なのですが、着衣泳の当日、家から一番高価な振袖を着て行ったんです。プールに入るつもりは毛頭ありませんでしたが、一応入るフリをしましたら、シスターが大勢走り込んで来て。まあ大変な騒ぎになって、当然ながら怒られましたけれど、翌年以降、着衣泳は免除になりました」

あのときのシスターの形相は今でもはっきりと覚えてる。つい、思い出し笑いをしてしまった。

ふと顔を上げると、ルカさんを除く全員が唖然《あぜん》とした顔をしていた。

「そ、そんなことをしたのはあなただけ？」

女性の一人が驚いた顔のまま言った。

「いいえ。わたしの親友の京極綾女は、なぜかウェディングドレスを着て来て、同じように免除になりました。まあ、そこまでしたのはわたしたちの他にはいなかったかと思いますが」

「京極って、あの京極グループの？」

女性が言い、わたしが頷く。

「……な、何だかスケールが違うわね」

「さすがは社長。ものすごいのを連れてきましたね」

彼女らは口々にそう言うと、別の話題を始めた。

うーん、どうやら引かれてしまったらしい。前代未聞ですよと、綾女と二人、シスターや学院長に散々怒られた逸話はまだまだあるけれど、これ以上言うと本当に呆れられそうだ。外にもれないだけで、学院の中では結構色々あるものなのだけど。

ふとルカさんを見ると、楽しげにわたしを見ていた。

「楽しい学生生活だったみたいだな」

低く、小さな声で彼が言った。

そうなのだ。色々あったけれど、とても楽しい日々だった。ずっと、永遠に続けばいいのにと思ったほどに。

「はい」

微笑んで頷くと、ルカさんもまた微笑んでくれた。

その後、多少微妙な空気になりつつも、それなりに楽しい時間を過ごした。若干腫《は》れ物扱いされているように感じなくもないけれど、それもまあ慣れてはいる。

程よくお腹がいっぱいになったところで、ルカさんが帰ろうと立ち上がった。みなさん、引き止めてくださったけれど、ルカさんは一瞥《いちべつ》しただけで、わたしの手を引いて店を出た。

駐車場に向かいながら、ゆっくりと歩く。行き交う女性たちがルカさんを見ているのがわかる。わたしだって、隙あらば見つめてるくらいなのだから、気持ちはすごくよくわかる。

王子様のような外見、でも中身は戦士だ。しなやかに、そして力強く歩くだけでその場を制圧するオーラを感じる。

「楽しかった？」

低い声が聞こえた。顔を上げると、ルカさんが見ていた。

「はい。大勢の方とお食事する機会はあまりありませんので」

素直にそう答えると、ルカさんが安心したように頷いた。

駐車場に停めてあった車に乗り込み、ルカさんがエンジンをかけ、低い音と共に車が動き出す。

もうすっかり馴染んだ、車の助手席。ルカさんと初めて出会ってからまだ数ヶ月しか経っていないのに、今までの自分の生活からの変化に、時々信じられない気持ちになる。

家族以外の男性と出かけること、綾女や学院以外の方々とお食事をすること。そして、王子様のような外見の戦士とキスを交わすこと。

ルカさんの隣にいるとき、いつも心臓がドキドキしている。それを悟られないように、何でもない顔をすることは難しい。昔から雛子はなんでも顔に出るとみんなから言われているから、きっとルカさんにもわかっているはずだ。

悶々《もんもん》と考えている間に、車は家の近くまで来ていた。

ああ、楽しい時間はもう終わってしまう。別れ際に悲しくなってしまうのはどうしても止められない。でも、それをやっぱり悟られたくないと思ってしまう。

「今日はどうもありがとうございました。とても楽しいお食事でした」

後信号がひとつくらいだろうか。そう考えながら、お礼を言った。

「いや。思ったより騒がしくて悪かった。今度は、二人で行こう」

「は、はいっ」

また会えるのだ。そう思ったら、悲しい気持ちが嬉しさに変わる。そして、家の前に車が停まった。先に降りたルカさんが助手席に回り、ドアを開けてくれた。

「ありがとうございます」

降りようとしたわたしに、彼の顔が近づく。あ、と思う間もなく、彼の唇が触れていた。ルカさんの大きなからだと長い腕で、まわりから見られてはいないはず。

半ばぼうっとしてしまったわたしの手を引いて、車から降ろしてくれた。そのまま自宅の玄関へ行くと、待ち構えていたかのようにドアが開いて中から兄が出てきた。

「お帰り」

「た、ただいま戻りました」

自分の顔は大丈夫だろうか。蕩《とろ》けていないだろうか。心配しつつ頬を押さえる。

「いつもありがとうございます」

兄が慇懃《いんぎん》にルカさんに言うと、ルカさんが頷いた。

「では、また」

低い声でそう言うと、車に戻り、彼は静かに走り去った。見えなくなるまで見つめていると、はあとため息が聞こえた。振り返ると、兄が呆れ顔で見ている。

「楽しかったか？」

「はい！」

ものすごく。頷くわたしにもう一度ため息をつくと、兄はわたしを中に入れて玄関の鍵を締めた。

自室に入り、鏡を見つめながら自分の唇に触れてみた。

ルカさんと何度もキスをした唇。数を数えることをやめてしまったから、回数はもうわからない。

あいさつのようなキスなのに、思い出すたびにからだが震える。

わたしは、どうしようもなく恋をしている。これまでまわりを囲っていたいばらはもうない……はずだ。わたしは自由で、そして、どうしようもないくらいルカさんが好きなのだ。

その後も何度かルカさんと出かけた。その度にわたしの心は舞い上がり、兄は苦い顔をし、報告がてら綾女に電話をするとすげなく切られた。でも、わたしは気にしない。だって、生まれてこの方、こんなに幸せだったことはないからだ。

十数年の間、毎日毎日神様にお祈りしてきた結果だとしたら、あの眠たさに耐えた日々も決して無駄ではなかったのだ。

最高に幸せな気分だった。この世の春——実際の季節は秋だけれど——を満喫していたわたしの前に、あの男性が現れるまでは。

8

珍しく父から店に降りることを許された月曜日。店で母と一緒に細々した商品の整理をしているときに、その人はやってきた。

自動ドアが開く音がすると、気のせいか母がいつもよりも素早い動きで振り返った。

「まあ、篠原《しのはら》さん、ようこそ。そちらが常盤《ときわ》さん？」

妙にテンションの高い母が入り口に向かったので自分も振り返る。と、毎年何着も仕立ててくださる、お得意様の篠原の奥様のお隣に、見たことのない若い男性が立っていた。

「雛子、こちらに来なさい」

母の声に立ち上がり、近くまで寄ると、その男性が微笑んだ。どこにでもいる普通の男性に見えた。

日々、ルカさんを見ているせいで、他の男性を見る目がまったく変わってしまった。いや、元々そんなに見る機会もなかったけれど。

ルカさんはいつ見てもキラキラと輝いていた。全身から自信と男らしさがあふれていて、まわりを圧倒するパワーがある。そんな雰囲気は、目の前の男性からはまったく感じられない。

「いらっしゃいませ」

頭を下げ、そして上げると、篠原の奥様がわたしを見て微笑まれた。その微笑みに少しだけ違和感を感じたのは気のせいだろうか。

「まあ、雛子さん。すっかりおきれいなお嬢様になられましたわね。こちら、常盤隼人《はやと》さん。わたくしのお友達のご子息ですの。今日はお母様にお誕生日のプレゼントを選びに伺いましたのよ。ご一緒に選んで差し上げてくださらない？」

一気にまくしたてられ、一瞬焦る。母に目をやると小さく頷かれてしまった。

接客を任されるのは初めてだ。頼りの兄もこんなときに限っていないなんて。少し心もとない気持ちになりながら、常盤さんに向き直った。小首を傾げるようにぎこちなく微笑むと、常盤さんがまた笑った。

「着物はまったくの初心者なので、よろしくお願いします」

「そうですか。送り物は小物の方がよろしいでしょうか？」

「そうだね、母は着物はたくさん持っているから」

「ではこちらへどうぞ」

少し緊張しながら、小物を置いてある場所へ誘った。彼はわたしと同年代っぽいから、きっとお母様も母と同い年くらいだろう。その年代に似合うものをと、扇子《せんす》や帯留め、草履《ぞうり》を一通り出してみた。常盤さんはひとつひとつ丁寧に見ていたけれど、ピンときてはいなさそうだ。

接客の難しさをひしひしと感じていると、ふと、ある商品に目が留まった。

「ではバッグなどいかがでしょう？」

つい昨日入荷したばかりの、京友禅の帯をリメイクして作られたハンドバッグをガラスケースから取り出した。手作りの一品物で、高級感もあり、わたしから見ても素敵だと思えるものだった。

「うん、いいね。これなら母も気に入りそうだ」

常盤さんがようやく笑顔で言われたので、わたしも心底ほっとした。やはり誰かのお役に立てるのは嬉しい。と、そのとき、どこに行っていたのか、父と兄が店の玄関から入ってきた。

「おや、篠原様、いらっしゃいませ」

父が母と談笑していた篠原の奥様にあいさつし、兄が怪訝な顔でわたしのそばに来た。

「いらっしゃいませ」

わたしの隣にいた常盤さんに接客用の笑顔を向け、わたしの腕を取り少しだけ離れる。

「どうして雛子が店に出てるんだ？」

「お父様がいいっておっしゃったの。それからお母様が、あの方の接客をなさいって」

頷いたってことはそういうことでしょう？　いきさつを最初から話すと、兄は渋々頷いた。そしてまた接客用の笑顔を貼り付けると、常盤さんに向き直った。

「失礼しました。では、贈り物用にお包みしましょう。雛子、贈答用の包装紙の見本があるから持ってきて」

「はい」

わたしが取りに行っている間に、兄は会計を済ませバッグを専用の箱に入れた。常盤さんの目の前に包装紙の見本を広げる。

「どれがよろしいでしょうか？」

包装紙は可愛らしいものからシックなものまで豊富に揃っている。

「うーん、迷うなぁ。雛子さんのおススメは？」

……なんだか、フレンドリーというか馴れ馴れしい人だなと思いつつ、それでも母を思い出して、一番合いそうなものを指さした。

「これはいかがでしょう？」

「いいね。じゃあそれで」

やっぱり軽い。内心でため息をつきながら、また奥に戻って包装紙を探してきた。店の片隅では両親と篠原の奥様が談笑を続けている。兄は慣れた手つきでバッグの入った箱を包装紙で包み、常盤さんは退屈そうに店の中を見回していた。

きっと何でもない光景なのに、妙な違和感を感じた。その正体がわからなくて、なんとなく胸がざわつく。

包装を終えた兄が紙袋にそれを入れ、常盤さんに渡す。

「どうもありがとうございました」

頭を下げた兄に倣《なら》い、わたしも頭を下げる。

「いいお買い物ができてよかったわね、隼人さん」

篠原の奥様が上機嫌に言い、常盤さんを連れて店を出た。

去り際、常盤さんが振り返ってわたしに手を振ったとき、隣に立っていた兄から妙な冷気が発せられた気がした。

「さあ、雛子。そろそろ上にあがって休憩しましょう」

お客様を見送った後、母が言った。まだ店に出て一時間ほどしか経っていないのに。

「そうそう。ここはもういいから上でお母さんとお茶でも飲んできなさい」

父までもそう言い、頷く母に手を引かれて上に連れて行かれる。

「素敵な男性じゃない？　常盤さんって」

わたしをダイニングテーブルに座らせ、お茶を淹《い》れながら母が言う。素敵だとはまったく思わなかったけれど、とりあえず頷いてみた。

「お父様が不動産会社を経営していらして、数年後には隼人さんが継がれるそうよ」

「ふーん」

篠原の奥様と何を話していたかと思えばそんなことか。でもそれも接客のうちか。わたしももっと他の人の話に興味を持った方がいいかもしれない。

そう言えば、ルカさんのプライベートなことはまだほとんど聞いたことがない。あんまり聞くのははしたないと思っていたけれど、もっとお近づきになるためには聞いた方がいいのかしら。

「雛子、聞いてる?」

母の声で我に返った。いつの間にか目の前に座った母が、少し怒ったような顔でわたしを見ていた。

「……ごめんなさい。聞いてませんでした」

馬鹿正直に答えると、母がため息をついた。

「もう、ちゃんと聞いて。いい?　あのね、常盤さんは以前、えっと、どこって言ってらしたかしら?　まあいいわ、どこかで見かけた女性に、ぜひもう一度会いたいって思われたのですって」

母がまるで乙女のように頬を染めながら言った。

「それでお母様のお知り合いだった篠原の奥様がそれを聞いて、もしかしたら雛子のことじゃないかって今日連れていらしたのですって」

突然のことに言葉が出なかった。でも、わたしには、常盤さんと会った記憶はまったくない。その話には一番肝心なところが抜けているのに、母は気にならないようだ。

話の展開についていけず、黙ったままのわたしを置き去りにして母の話は続く。

「素敵じゃない？　もしあんな素敵な方に見初《みそ》められていたら、なんて」

素敵？　素敵なのはルカさんと過ごすことしか思い当たらない。

母のテンションが妙に高いまま夕方になり、さっきの話の行方を気にしながら夕食の支度を手伝っていると、店を終えた父と兄が帰ってきた。

「お疲れ様でした」

二人を迎えた丁度そのとき、自宅の電話が鳴った。いつもおっとり動くはずの母が、また素早く動いて受話器を取った。

「もしもし？　まあ篠原の奥様、今日はどうもありがとうございました。いかがでした？　……まあ！　そうですの。では早速本人にも伝えますわ。本当にいいお話をありがとうございます」

電話を終えた母が満面の笑みで振り返り、父とここそこ話し出した。兄は何が何だかよくわからないといった表情をしている。そしてわたしはというと、嫌な予感しかしなかった。

「雛子、そこにお座りなさい」

母に言われ、ダイニングのいつもの席に座った。目の前には両親、隣が兄だ。全員が席についたことを確認して、父が切り出した。

「雛子、お母さんから聞いているかもしれないが。今日店に来た常盤さんが、どこだったかな？

まあどこかで雛子を見かけて、一目惚れをされたそうだ」

どうして誰も肝心なことを思い出せないのだろう。適当すぎるじゃないかと心の中で思っている間も父は話を続けた。

「それで今度改めて会って、雛子とぜひとも結婚したいとおっしゃられているんだ。次の土曜日の午前中、正式にあいさつに来られることになった」

父の言葉が理解できず、また固まった。そんなわたしより先に口を開いたのは兄だった。

「彼のことはこれまで見たことも聞いたこともありませんが。身元は確かなのですか？　それに、雛子をどこかで見初《みそ》めたって。雛子は覚えがあるのか？」

急に兄に振られ、思わず首を振る。だって本当に知らないもの。

「篠原さんが懇意にしている方だよ。篠原さんとは先代からの付き合いだし、怪しいはずがないじゃないか」

父が呑気に答える。

「わたしも篠原の奥様にちゃんと伺いましたよ。ご実家は大きな不動産会社を経営していらっしゃって、まもなく隼人さんが後を継がれるって」

母も上機嫌だ。

「まあ、急に結婚となると、雛子も困るだろうというのは先方も承知だ。だから、まず結婚を前提にお付き合いをしたいそうだ」

話の急展開に頭がうまくついていかない。だけど、黙っているわけにはいかないことだけはわかった。

「待ってください。わたしは今ルカさんと」

「あら、芳野さんは日本が不慣れだからご案内しているだけでしょう？　最初にそう言ったじゃない」

母が遮《さえぎ》るように言った。

「でもわたしは」

「それに、芳野さんは外国の方でしょう？　いくら今は社長さんでも、いつまで日本にいらっしゃるのかわからないし。そうなったら悲しむのは雛子なのよ」

母が、母の顔で言った。

確かに、これまで考えたこともなかったから、ルカさんがずっと日本にいるかどうかなんて聞いてもいない。わたしたちはあくまでも〝オトモダチ〟だ。もしルカさんが母国に帰ることになっても、引き止める術《すべ》はわたしにはないのだ。改めて考えると悲しくなってきた。

わたしの恋はまだ一方的なものに過ぎず、まわりから見ればそれこそままごとめいたものなのかもしれない。

「お父さんもお母さんも、もっと冷静になった方がいい。今日、なんの予備知識もない初めて会った男と結婚なんて、時代錯誤も甚《はなは》だしい。いくら雛子でも可哀想ですよ。お得意様の知り合いとはいえ、こんなだまし討ちじゃよくない」

兄が冷たい声で言った。いつも両親には優しい兄なので、その態度に驚いたのはわたしだけではなかった。

「もう一度彼の名前を教えてくださいさい。名刺はもらっていませんか？」

兄の強い口調に、父がおろおろしながら、引き出しを探し名刺を取り出して渡した。受け取った兄は、それをじっと見つめている。

「……確かに一矢の言う通りだな」

急に取り繕うように父が言った。

「では土曜日は正式なあいさつではなく、自己紹介程度に留めておくよう常盤さんに言っておくよ」

わたしではなく兄にそう言うと、母に夕食の準備を促《うなが》した。

どうして会いに来ることを止められないの？　わたしが結婚？　あの、今日会ったばかりの人と？

両親が乗り気な理由が、さっぱりわからない。それに、どうしてわたしの気持ちを聞いてくれないのか。そして、何よりも情けないのは、強く反論できない自分だった。

すっかり味のしなくなった夕飯を食べ、さっさと自分の部屋に引き上げる。

なぜこんなことになってしまったのか。あまりの展開に気持ちがついていかない。今までもお見合い話はあったけれど、事前にちゃんと話をしてくれたし、わたしの気持ちも汲《く》み取ってくれた。まあそれ以前に兄が却下していたようだけれど。

だから、実際に会うところまでいったことはなかったのだ。それなのに、この件に関しては、急に進んでいく。今日は月曜日だから、土曜日なんて後六日しかないじゃない。

落ちつかないまま、数日があっという間に過ぎてしまった。

土曜日が三日後に迫ってきた夜のこと、ベッドに座って髪を梳《と》かしながらぼんやりとしていたら、携帯電話が鳴った。見るとメールだ。

きっとルカさんだ！　沈んでいた気持ちが少し上昇する。ボタンを押してメールを確認するとやっぱりルカさんからだった。

〝次の土曜日の夜、食事をしよう〟

いつものあのドキドキで胸がいっぱいになりつつ、その日はあの男性が来るのだと思い出して、楽しい気分がしゅるしゅると消えた。

お客様が来るのは午前中だと言っていた。正式なものではなく、ただのあいさつ程度なら時間はたいしてかからないだろう。

どうなろうと、お断りすることしか考えていないのに。なのにどうして会わなければならないのか。そのことがずっと頭の中を巡っていた。

でもわたしは、母の言葉に反論ひとつできなかった。わたしとルカさんの関係は、それくらいあやふやで儚《はかな》いものなのだ。

机の中にしまってある写真を取り出す。あのとき、観覧車の前で撮ってもらった写真だ。あれ以来、時々取り出して見ては思い出し笑いをしている。

写真の中のわたしは幸せそうだ。あのときは、こんなことになるなんて思ってもいなかった。ただただ、ルカさんと会えることが嬉しかったのだ。

そう、わたしはまだルカさんに正式に告白すらしていない。ルカさんがわたしのことをオトモダチと思っているとしても、わたしは彼のことが好きなのだから。ならば、まずはそれを伝えなければ。

〝いつもお誘いありがとうございます。嬉しいです〟

早速お返事をすると数分でまたメールが来た。

〝では、七時に迎えに行く〟

〝お待ちしております。よろしくお願いします〟

簡素過ぎるメールのやり取りだったけれど、それでようやく心が落ち着いた。土曜日のことは心配だけど、今更逃げられそうもない。ならば立ち向かうしかないのだ。


決めたと思っても、わき上がる不安は止まらない。そして、嫌だ嫌だと思うほど時間は早く過ぎるようだ。

あっという間に土曜日になり、十一時頃に、篠原の奥様を伴って常盤さんが現れた。スーツ姿の彼は、改めて見ても、ルカさんのような魅力はまったく感じない。

母が店ではなく、自宅の居間に案内した。二人とも自宅の中は初めてなのか、興味深そうな顔で部屋を見回しながらリビングのソファに座った。

わたしの隣には母と兄がいる。父は店番だ。最初は父が付き添うと言ったのだけど兄が正式なものではないのだからと譲らなかった。わたしとしても、父よりも兄の方が心強い気がした。

「では改めまして」

お茶を出した母が座ったのと同時に、篠原の奥様が妙に張りきってわたしを見た。

「こちらは、常盤隼人さん。現在二十五歳です。常盤不動産ってご存知？　大学をご卒業後お父様のお仕事をお手伝いなさっていたのだけれど、来年には隼人さんが後を継ぐことが決まっておりますのよ」

まるでご自分の子どものようにおっしゃられるのだなと、篠原の奥様を見ながら思った。

蛇足だけれど、常盤不動産という名も聞いたことがない。だけど、それに関しては、わたしが世間知らずだという自覚はあるので、何とも言えない。

母は感心したように相槌を打っていたけれど、わたしは曖昧《あいまい》な笑顔で誤魔化すように微笑むしかできなかった。

「ずっと男子校におりましたので、今回の訪問には勇気がいりました」

常盤さんが、その言葉とは裏腹な爽《さわ》やかそうな顔で笑った。

「どこで雛子を？」

最初に口を開いたのは兄だった。ぶっきらぼうな言い方に母が目を白黒させるのが見えた。さっきから、兄は愛想笑いひとつ浮かべていない。

「どこかで雛子を見かけたと聞きましたので」

付け加えるようにそう言うと、常盤さんがああとつぶやいた。

「夏前でしょうか。知人の結婚式で、別の結婚式に出席されていた雛子さんを偶然見かけまして」

そう言って常盤さんがわたしを見た。

「そのときに、たいそう素敵なお嬢さんだと思ったのです。結婚するなら、ぜひ彼女と、と」

にっこりと笑われたけれど、笑顔すら返せなかった。夏前の結婚式と言えば、わたしがルカさんと初めて会ったあの日のことだ。わたしの大切な思い出に、影を落とされた気がした。

「そうですか」

兄がつぶやくように答えた。その表情は相変わらず硬くて何を思っているのか読み取れない。

「ご存じの通り、妹は学校を卒業後、家業を手伝ってはおりますがまだまだ世間知らずです。それに、ほぼ初対面の方と結婚を前提にというのは、今の時代どうだろうと思うのですが」

「まあまあ、それはもちろんですわ」

不穏な空気を察したのか、篠原の奥様が割って入るように明るい声で言った。

「わたくしたちとて、そんな早急に雛子さんに結論を求めているわけではありませんのよ。隼人さんは大変素晴らしい方ですし、お互いに年齢も近いし、ちょうどいいめぐりあわせだと思ったのです。まずは少しずつお付き合いをして、お互いをもっと知っていただくのがいいかと思いますわ」

ね？　と常盤さんに確認するように顔を向けると、彼も同意するように頷いた。

「その通りです。ぜひ今度一緒にどこかへ行きませんか？　今すぐ約束しましょうとは言いません。ここにご連絡いただければ」

常盤さんは名刺を取り出して、わたしたち三人にそれぞれ渡した。この前、父が兄に渡したものと同じもののようだ。名刺には会社名と彼の名前、そして彼の個人的な携帯電話の番号とメールアドレスが載っていた。

「いい返事をお待ちしていますよ」

そう言うと、彼らはまた連れ立って帰っていった。

「優しそうな方じゃない？」

テーブルの上を片付けながら母が言った。兄もわたしも何も答えなかった。兄は難しい顔をして、名刺を見つめている。

わたしはまだ呆然としていた。急に降ってわいた話がまだ信じられなかった。もう一度改めて会っても、常盤さんに何の魅力も感じない。そんな彼と結婚だなんて、想像すらつかない。

自分の将来が急に現実味を帯びてきたような気がした。そして、あの夏の結婚式での、新婦だった友人の表情を思い出した。とたんに背すじが凍ったような感覚をおぼえる。

余程酷《ひど》い顔をしていたのか、兄も母も、今日はもう休むように言った。さすがに今は反論する気力もなく、さっさと自分の部屋にこもることにした。

こんなとき、まず相談する相手は決まっている。自分の携帯電話を取り出し、押し慣れたボタンを押す。何回目かのコールで相手が出たとたん、叫んでいた。

「綾女！　わたし、結婚しなきゃいけないかもっ」

『……オメデタイじゃない。ルカさんとなら本望でしょ』

眠そうな綾女の声が聞こえる。

「ルカさんじゃないの！」

そこが一番の問題だ。

『……どういうこと？』

斯《か》く斯《か》く云々《しかじか》と昨日からのことを説明すると、電話の向こうからため息が聞こえた。

『雛子。それはわたしじゃなくて、ルカさんにお話しなさい』

そして電話は、いつものようにさっさと切れた。

綾女がそう言うだろうとは想像がついていたから、気にしてはいない。だけど、ルカさんがどんな反応をするのかは想像できなかった。自分の気持ちを正直にお話ししようと思ったけれど、常盤さんのことをどんなふうに話せばいいのか。

悩んでいる間に時間は過ぎていった。夕方になって母にルカさんと食事に行くと告げると、とたんに渋い顔をされた。

「雛子。お母さんは雛子に悲しい思いはして欲しくないのよ」

じゃあ、あの常盤さんと結婚すれば、わたしは本当に幸せになれるの？　喉元まで出てきたけれど、母の顔を見たら言えなかった。

「ごめんなさい」

それだけ言って、ルカさんが来てくれるまで部屋に閉じこもった。そして彼が来ると同時に玄関に走り、自分から彼の手を取ってさっさと外に出た。

「どうした？」

少し驚いた顔でルカさんが言った。

「ちょっと、色々とあって……」

言葉を濁してそう答えると、ルカさんが不思議そうな顔をしながら、それでもつないでいた手を握り直し、車まで案内してくれた。

着いた先は近くのレストランだ。これまで何度か行ったことのある場所で、店員さんもわたしたちの顔を覚えてくれていた。いつもの通り少し奥まった半分個室のようになったテーブルに案内され、向かい合わせにテーブルに座り、メニューを開いて料理を注文する。

「何があった？」

最初に口を開いたのはルカさんだった。

言わなければとずっと思ってきたのに、いざとなると言葉がまったく出てこない。何から話せばいいのか、すっぽりと頭の中から抜けていた。

「あの、えっと……」

「順を追って言えばいい。何があった？」

そう優しく言われて、少し頭の中が落ちついてくる。

「せ、先日、ある男性を紹介されたのです」

最初の日から今日まで。自分が覚えていることすべてを彼に話した。途中で食事が運ばれてきたので、お行儀悪くならない程度に食べながら、ついさっきのことを話す。ただ、ルカさんに対する母の言葉だけは言えなかった。

「わたし、どうしたらいいのかわからなくて。綾女に話したらルカさんにお話しなさいと……」

「それは、雛子が自分で決めるべきだ」

きっぱりとした声がして、わたしはうつむいていた顔を上げてルカさんを見た。彼の青い目がまっすぐにわたしを見つめている。

「自分の人生は自分だけのものだ。何を選んでも、必ず後悔することはある。だけど他人に左右された場合、その後悔は後悔という言葉では済まない。だから、雛子は、雛子の思う通りの道を選ぶべきだ」

ルカさんの声は冷静だった。まるで、学生時代のシスターのよう。諭すような言い方にショックを受けてしまったことは否定できない。食欲も一瞬でなくなった。

そして、気がつくと立ち上がっていた。

「ルカさん、申し訳ありませんが、今日はこれで失礼します」

立ち上がろうとした彼を制する。

「少し、一人で考えたいので。ごめんなさい」

そしてそのまま逃げるように店を出た。家に帰る道はわかっている。家を目指しながら、自分の情けなさに涙が出そうだった。

わたしは彼に何を期待していたのだろう。物語に出てくる騎士のように、わたしの代わりに、両親や篠原の奥様や、常盤さんをなんとか説き伏せてくれると思っていたのか。

そう、思っていた。どこかで、きっと彼が助けてくれるだろうと。だって、これまでも彼はわたしを何度も助けてくれたのだから。

そんなふうに思っていた自分が恥ずかしかった。ルカさんとわたしはオトモダチなのだ。そんな彼に、自分の人生を託してどうする。

家の近くまで来たところで、いつも通っているバッティングセンターの明かりが見えた。まだ開いている時間だ。自然と足がそちらに向いていた。

店に入ると、相変わらずおじさんが一人で新聞を読んでいた。

「おお、雛子ちゃん。こんな時間に珍しいね。いつものかい？」

頷くと、バットを持って定位置についた。

「いくよー」

おじさんの声がしてしばらくすると、聞きなれた音と同時に白いボールが飛んできた。百三十キロのストレート。フルスイングすると、ボールの芯に当たった感触が腕から伝わってくる。立て続けに飛んでくるボールをすべてバックネットに向けて打つ。

徐々に頭の中が落ち着いてきた。自分の失態をまざまざと思い出し、恥ずかしさを通り越して自分自身に怒りさえわいてくる。

わたしは最初に何を決意したの？　色んな意味で運命の日になってしまった、あの結婚式の日。あれからわたしは何を考えた？　自分の運命は自分で切り開き、他人の思い通りにならないこと。そして自分を信じること。ルカさんにもそう語ったはずだ。

いばらを断ち切ったと思っていたけど、そんなのはただの思い上がりだった。わたしはまだ、わたし自身が作ったいばらの城にがんじがらめにされたままなのだ。

ルカさんに出会って、勝手に自由になったのだと勘違いして。傍から見たら、ただの浮かれた世間知らずな娘のままだったのに。

自分がいばらの城から出るためにしなければならないことは、明確だ。

まず、常盤さんにきっぱりとお断りして、それから、ルカさんにちゃんと告白する。もし、いつか彼が帰国することになっても、決して後悔しないお付き合いをすると約束しよう。

最後の球がホームランパネルに当たった。小気味いい音が夜の空と、それからわたしの心の中に響いた。

9

翌朝早く、驚くくらいすっきりと目が覚めた。昨夜は家に帰ってすぐにお風呂に入り、そのまま寝てしまったので、携帯の着信に気がついたのは朝になってからだった。

昨日の夜からほとんど何も食べていなかったので、お腹がすごく空いている。グーグーなるお腹を抱え、携帯を見ると、数件のメールと電話の着信があった。全部ルカさんからだった。

〝雛子、今どこにいる？〟

〝雛子、俺の言い方がだめだったのか？〟

〝雛子、家に帰ったか連絡してほしい〟

メールと電話の着信が交互に来ていた。

考え事と、バッティングセンターで打ちまくっていたせいでまったく気がつかなかった。どうしよう、ルカさんにこんなに心配させてしまったなんて。とりあえずメールだけでもするべきだろうか。

〝おはようございます。昨夜は電話に出られなくてごめんなさい。ちゃんと家に帰りました。昨夜は本当にすみませんでした。自分でちゃんと決着をつけます。またご連絡します〟

さらにグーグー鳴るお腹を抱え、メールを打って送信する。ほんの数秒後、いきなり携帯電話が鳴ってものすごく驚いた。ルカさんだ。取り落としそうになりながら、慌てて通話ボタンを押す。

「も、もしもし？」

『雛子？』

ルカさんの少し慌てたような声が聞こえた。いつも冷静沈着な人なのに珍しいこともあるものだ。

「はい、おはようございます。あの、先ほどもメールをしましたけれども、昨夜は色々とすみませんでした」

『怒っているのか？』

「は？　どなたがですか？」

『きみだ』

「え、わたしは何も……」

『メールにも電話にも返事がなかった』

ああ、そういうことか。

「申し訳ありません。少し考え事をしていたのと、寄り道をしたせいでまったく気がつかなくて」

『怒ってないか？』

「はい。もちろんです。ルカさんのお言葉で、わたしすっかり目が覚めました。善は急げと申しますので、早速今日決着をつけてまいります。また連絡いたしますので、しばしお待ちください。では、失礼します」

空腹のあまりお腹が痛くなってきたので、ついつい話を終わらせてしまった。ルカさんには後でまとめて謝ろう。

さっさと部屋着に着替えて、階下のキッチンに降りた。

「あら、今日は早いのね、雛子」

朝食の準備をしていた母が驚いたように顔を上げた。

「おはようございます。お腹が空いてしまって。先に食べてもいい？」

仕方がないわねと母が頷いたので、自分のお茶碗に炊き立てのご飯をよそった。おかずは焼き魚と卵焼き、御新香《おしんこ》に梅干し。典型的な和食の朝ご飯だ。聖女出身の母は料理が得意なのだ。

「いただきます」

自分の席に座り、母が並べてくれたおかずを頬張る。

色々と考えて、運動して、すべて吹っ切れたせいか、ご飯がとても美味《おい》しい。呆れ顔の母を横目に、二杯目のご飯を食べ終わったころ、兄が起きてきた。

「今朝は早いな、雛子」

まったく母と同じことを言うなんて。

「今日は忙しくなりそうなので。ということで、兄様。今日、少し用事ができましたので、出かけることになるかもしれません」

まだ常盤さんに連絡もしていないからとりあえず言ってみた。

「……何が、ということなのかさっぱりわからないが、まあいいだろう」

強めの口調が功を奏したのか、兄も母も反対しなかった。今日は日曜日で定休日であることも影響しているのかもしれない。

「ごちそうさまでした。出かける時間までは部屋におりますので」

返事が来る前に席を立ち、自分の部屋に戻った。と、ベッドに置きっぱなしになっていた携帯にまた着信のランプが光っていた。どうやらメールのようだ。ボタンを押してメールを開く。

〝必ず連絡してくれ〟

ルカさんからだった。

そうだ、決着をつけるのだ。わたしは、本当の意味でいばらの城から出なければならない。

昨日常盤さんからもらった名刺は、机の引き出しの中に入っている。それを取り出して、書かれている内容を再度確認する。個人用の携帯電話の番号が印刷されていた。やっぱりメールよりも電話の方が早いだろう。

時計を見るとまだ七時過ぎだった。さすがにこの時間には掛けられない。仕方なく、ベッドに寝転がると、お腹がいっぱいになったせいか、またいつの間にか寝てしまった。ハッと気づいたときにはまもなく十時になろうとしていた。

あれだけいろんな決意をしたのに、どうしてこうなるのか。二度寝のおかげでさらにスッキリした頭で、ドキドキしながら名刺を取り出し、携帯から電話をかけた。

『……もしもし？』

数コールの後、随分と不機嫌そうな声が聞こえた。昨日の常盤さんの印象とは違う気がする。電話番号を間違えたのだろうか。

「あ、あの麻生と申しますが、常盤さんの携帯でしょうか？」

『雛子さん!?』

電話の向こうの声が、まさに百八十度変わった。合っていたという安堵感と、この変わりように対する驚きで言葉が詰まる。

「あ、あの。昨日はわざわざありがとうございました」

『いえ、こちらこそ。それにしても嬉しいな。早速電話していただけるなんて』

楽しそうな声は昨日の印象と同じになった。

「あの、お忙しくないときで結構ですので、お時間を作っていただけないでしょうか」

『もちろんかまいません。今日はいかがですか？　今日は仕事も丁度お休みですし』

「ありがとうございます。では、早速ですけれど十一時でどうでしょう？」

『結構ですよ。迎えに参りましょう』

「い、いえ、それは結構です。あの、近くにある大きな公園はどうでしょうか？」

密室で二人きりになるのはちょっと怖い。公園ならたくさん人がいるから安心だ。

『ああ、あの公園ですね。結構です。では十一時に公園の入り口で』

「はい、よろしくお願いします。失礼します」

電話を切って、ホッと息をついた。これで第一段階クリアだ。

後はどういうふうにお断りの言葉を言えばいいのか考えなければ。男の方と話すことに慣れていないので、ちゃんと練習をしないと言いたいことが伝わらない。

「やっぱり嘘じゃなく、正直に話すのがいいわよね」

〝他に好きな人がいます。ごめんなさい〟

……うーん、これ以上何も出てこない。でも、理由はこれしかないのだから仕方がないか。よし、会ってこれを言おう。

ずっとしまっていたルカさんとの写真を机の上に飾った。もう隠すのはやめよう、そう改めて心に決めた。

公園までは歩いて十分ほどだけど、そんなに時間はない。急いで顔を洗い、軽くお化粧をした。ブラウスとスカートに着替え、それから少し肌寒くなってきたので厚手のカーディガンを羽織る。ハンドバッグにお財布と携帯とハンカチを入れて、十一時十五分前には家を出た。

晴れているとはいえ、風は少し冷たい。季節は秋を迎え、過ごしやすくはなってきた。常盤さんに会ってからのことを考えると気が重いけれど、散歩をするにはちょうどいいお天気だと気持ちを切り替える。

ブラブラと歩くこと十分。目的の公園に着いた。約束の時間の五分前だ。常盤さんはまだ来ていないので、入り口近くのベンチに座った。

ちょっと落ち着いて考えてみれば、会っていきなりごめんなさいと言うのはどうなのだろうか。やはり、どこかお店に入った方がいいだろうか。公園の中には確かカフェがあったはずだ。ならばそこに誘ってみよう。場所の確認のため、近くにあった案内板を見に行こうと立ち上がったとき、

「雛子さん！」

と声が聞こえた。

振り返ると、常盤さんが満面の笑みを浮かべて小走りで近寄ってきた。天真爛漫《てんしんらんまん》な方……と言ってもいいのだろうか。

いつか、ルカさんのあんな笑顔も見てみたい。きっとどんなに素敵だろう。ふと思ったことが、心の中で罪悪感に変わる。比べるのはよくないことだ。

「常盤さん。わざわざお越しいただきありがとうございます」

頭を下げると、常盤さんが手を振った。

「いやいや、早速誘っていただけるなんて本当に光栄ですよ」

「あ、あの、よかったらど――」

「ボートに乗りませんか？　きっと楽しいですよ」

どこかのお店に入りませんかと言おうとしたけれど、先を越されてしまった。わたしが返事をする前に、常盤さんがわたしの手を引いてさっさと歩き出した。

既視感を覚える状況だけれど、ルカさんのときのようなドキドキはまったくない。できれば今すぐ振り払いたい。でも、握られた手の力が異様に強くて、どうしようもできなかった。

半ば引きずられるようにしてボート乗り場に行き、あれよあれよと言う間に、気がつけば常盤さんと二人で手漕ぎボートに乗っていた。

大きな池には、他にもたくさんのカップルや親子連れがボートに乗って楽しそうにしている。水面には太陽の光がキラキラと反射して眩しいくらいだった。

「いやあ、本当に嬉しいな。雛子さんと一緒に過ごせるなんて」

楽しげな声に顔を上げると、オールを漕いでいる常盤さんの笑顔が見えた。どうしよう。いつ言えばいいの？　半ばパニックになりつつ考えていると、池の真ん中辺りで常盤さんが漕ぐのを止めた。

「ずっと考えていたんですよ」

常盤さんが言った。

「なんでしょう？」

「雛子さんと結婚したらどう過ごそうかってことですよ」

常盤さんは屈託なく答えた。ああもう、本当にどうしよう。

「まず、今の呉服店は兄上が継がれるでしょう？　今のままでもいいんでしょうが、ぼくはもっとマスコミにどんどん宣伝をした方がいいと思うんですよね。それからお父上は不動産もたくさん持っていらっしゃるけれど、資産価値を高めるためにはもっといい運用方法があると思うんですよ。僕に任せてくれたら、その価値を倍以上にできると思うんです」

……なんだか、以前にもこんな話を聞いたような気がする。

常盤さんの想像する〝未来〟に、〝わたし〟はまったく出てこない。出てくるのはお金だ。どうしよう、これはもう嫌な予感しかしない。

ああ、あのときの妙な違和感。店の中を見回す常盤さんの視線は、値踏みするものだったんだ。わたしは麻生の財産に付随するものでしかないと、改めて突きつけられた気がした。

「あ、あの！」

これ以上聞いていられなくて、思い切って声を出す。

「どうしました？」

常盤さんはまだ笑顔だ。

「あの。ごめんなさい。わたし、今日お呼び立てしたのは、先日のお話をお断りしようと思ったからなのです。実はわたし、他に好きな方が――」

「ああ。日本をご案内されているという外国の方でしょう？　お母様から聞いていますよ。でも、彼はいつまで日本にいるのかわからないそうじゃないですか」

常盤さんは一瞬不機嫌な顔になったけれど、すぐに気を取り直したように言った。母がそんな話を彼にしていたとは、内心かなりショックだ。

「ええ、その通りです。でも、わたし、それでもその方をお慕いしております。ですからごめんなさい。今回のお話はお断りさせてください」

言い終えて頭を深く下げた。視界には常盤さんの足元しか映っていない。その足が突然震えたように思えた。恐る恐る目を開けると、常盤さんの強張った顔が見えた。歯を食いしばったような表情のまま、硬い声を発する。

「……雛子さんは、大変なお嬢さんでいらっしゃるから、そのような輩《やから》の本性がおわかりにならないだけですよ。その男はただあなたをいいように利用しているだけです。もしくは、あなたの財産でも狙っているのかもしれない」

「まあ。ルカ様はそんな御方ではありません。ご自身で立派な会社を経営していらっしゃるんですよ」

「だからあなたはお嬢様なのですよ」

常盤さんが口をゆがめて笑った。感じの悪い笑い方だ。

「会社を経営しているから立派だとか。世間を知らなすぎです。傷物になる前に、その男とは離れた方がいい」

キズモノとはなんだろう。傷つけられる、その言葉は母からも聞いた。それでもわたしは……

「この先どうなっても、決して後悔したくないのです。あの方への気持ちは何を言われても変わりません。ごめんなさい」

もう一度頭を下げた。今度こそ、確実に彼の足は震えていた。顔を上げると、真っ赤な顔をした彼がいた。その表情に先ほどまでの穏やかさは皆無だ。完璧に怒っている。いくら鈍《にぶ》いわたしでもわかるくらい、彼の表情は怒りそのものだった。

「い、いい加減にしろよ、バカ娘」

バカ娘？　あまりの変わりように呆気に取られ、返事もできないまま彼を見た。

「ただの世間知らずなくせにこんなに頑固だなんて。お前は何も考えずに俺と結婚すればいいんだよ！　そしたら、お前の実家の財産も俺が管理してやるって言ってるんだ」

「わたしの実家のことは、あなたには何の関係もありません」

「うるさい！　せっかく篠原の婆《ばばあ》がとぼけた資産家としてお前の家を紹介してきたんだ。こんなチャンスを逃せるわけがないだろ」

この方は、怒りのせいで自分が何を言っているのかわかっていないのだろうか。バカ娘とかとぼけた資産家だとか、散々な言われようだ。しかも、篠原の奥様が紹介した？

「あなたにはご自分の大きな会社があるのではないのですか？　我が家は必要ないでしょう？」

そうだ。実家は大きな不動産屋で、まもなく社長になるのだと彼自身が言ったのだ。

「フン。会社なんて、手腕のない親父のせいでとっくに火の車だよ。早くまとまった金を入れないと、あっという間に倒産なんだよ。うちの株を大量に持ってる篠原の婆《ばばあ》も共倒れだ」

「あら、まあ」

それしか言えなかった。

「だから、どうしてもお前と結婚して財産をいただく。麻生家の不動産を担保にすれば、金も借りられるんだ」

「そのお話はお断りしました。それに、そこまで言われて、あなたと結婚なんてできるわけがないでしょう」

きっぱりと言うと、常盤さんが嫌な笑いを浮かべた。

「娘が傷物になったら、そうも言ってられないさ」

言うなり、彼の腕が伸びて来てわたしの腕を掴んだ。あまりの力強さに思わず眉をひそめる。

「は、離してください」

身をよじると同時にボートが大きく揺れた。それでも彼の手は離れない。

「大人しくしてろよ、バカ娘」

下品な笑みを浮かべた常盤さんがさらに近寄ってくる。

「離してっ」

身の危険を感じ、思い切って彼の腕を掴んで引き離そうとした。とたん、またボートが大きく揺れる。傾いたと同時に常盤さんの腕が離れ、そして、彼が池に落ちた。

大きな水しぶきが上がる。まわりからも悲鳴が上がり、その場は騒然となった。

ああ、どうしよう、と思っていたら、池の中から常盤さんが勢いよく顔を出した。溺《おぼ》れているみたいに手足をバタバタさせている。

「は、早く助けろよっ」

「あ、はいっ」

とりあえずボートのオールを外して彼に向けて伸ばしたら、タイミング悪く彼の頭を直撃した。常盤さんは一瞬水の中に沈んだ後、数秒後、怒りの形相で上がってきた。

「お前、俺を殺す気かっ⁉」

「いえ、決してそういうわけでは」

もう一度オールを伸ばそうとしたのと、常盤さんがボートのへりにしがみつこうとしたのが同時になってしまい、ボートがまた大きく傾き、そして今度はわたしが池に落ちた。

あまりの水の冷たさに心臓が止まるかと思った。目を開けているのかいないのか、自分でもわからない。ただ目の前は真っ暗でゴボゴボと水の音だけが聞こえる。

息苦しさに顔を上に向けると、うっすらと明かりが見えた。早く水面に出ないと、と手足を動かすけれど、服が張り付いてうまく動けない。

ああ、こんなことになるなら、学院時代真面目に着衣泳の授業を受けておけばよかった。神様はすべてを許されるとおっしゃるけれど、嘘なのかもしれない。神様、シスター、今更だけどごめんなさい。

心の中で何度も謝りながら、手を動かす。光はすぐそこに見えているのに、まったく届かない。冷たさと疲れで徐々に手も足も動かなくなってきた。

こんなことになるなら、ルカさんにちゃんと告白しておけばよかった。気持ちを伝えられないまま、公園の池で溺れ死ぬことになるなんて。いばらに絡め取られる方がまだマシだったわ。

寒さと息苦しさで本当に気が遠くなってきた。

そのとき、力強い何かがわたしのからだに巻きつき、あっという間に顔が水面に出た。何度も咳をして水を吐き出し、空気を取り込む。あまりの苦しさに涙が出てきた。

「大丈夫か、雛子⁉」

焦ったような低い声が間近で聞こえた。

ああ、神様。こんなことが本当にあるんですね。

期待を胸に顔を向けると、やっぱりルカさんだった。

「ルカさんっ」

「まったく、どうしてこんなことになるんだ」

ルカさんはブツブツ言いながら、わたしを抱えたまま岸まで泳いだ。遠いと思っていた岸もあっという間だ。集まっていた人たちの手を借り、ルカさんに押し上げられるように上がる。誰からか渡された大きなタオルで包まれた。

ガチガチ歯を鳴らしながら、誰にともなく礼を言って池の方を見ると、ちょうど常盤さんが救助用のボートに引き上げられたところだった。

心からよかったと思えなかったわたしに罪はない――はずだ。

「雛子、大丈夫か？　怪我は？」

わたしと同じようにびしょ濡れになったルカさんが、タオル越しにわたしの肩に触れた。さすがはルカさん。わたしは今、死にそうなほど寒くて震えているのに、肩にある彼の手はいつも通り温かかった。

「い、いえ、だ、大丈夫です。も、申し訳ありません。い、いつもいつも」

寒くて口がうまく開かない。バスタオルをさらにきつく巻きつけ、自分で自分を抱きしめようとしたそのとき、ルカさんがぎゅっと抱きしめてくれた。彼のからだはまるで燃えているように熱くて、寒さで震えそうなわたしには天の恵みだった。

そのままぎゅっと抱きつくと、ルカさんが耳元にキスをした。

「無事でよかった」

ささやく声が熱い息と一緒に耳に掛かる。思わずうっとりとしてしまう声だ。

ああ、そうだ。今度会えたら言おうと思っていた。

「ル、ルカさんっ」

名残惜しいけれど、温かなからだを少し離して彼に向き直る。海の色の瞳が心配そうにわたしを見つめていた。

「ル、ルカさん、わたし。ルカさんがわたしのことをどう思っているのか知りません。いつかスイスにお帰りになるときが来るかもしれないということも、わかっています。でも、それでも、わたしはあなたのことが好きです。初めて会ったあのときから、わたしにとってルカさんは運命の人なのです。ご迷惑かもしれません。けれど、もしよければわたしとけっこ」

言いかけた言葉は、ルカさんの唇の中に消えた。そのキスは一瞬のことで、わたしは驚きのあまり目を見開いた。

「それを言うのは俺だ」

唇のすぐ上で、彼の言葉が響いた。触れ合ったままの唇は温かいのか冷たいのかもわからない。それでも、微《かす》かに震えているのがわかる。

「初めて会ったときに、これが運命だと思った。きみを守れるのは自分しかいないと最初から思っていたんだ。うまく伝えられなくて悪かった。結婚を急いでいるなら、その相手は俺にしてくれ」

「ルカさん」

彼の言葉が頭の中に沁《し》み込むのに時間が掛かった。何せ凍るほど寒いから。それでも、その意味がようやくわかったとき、自分から彼の胸に飛び込んでいた。

回された腕は温かかった。抱きかかえられたまま、ルカさんがキスをした。

それは、今までみたいな触れるだけのキスじゃない。もっと深くて、説明するのは難しい。大人のキスだ。

自分たちのまわりを取り囲んでいた人たちから歓声のような声と拍手が聞こえた。だけど、人前で、という羞恥心は感じなかった。

わたしは、今度こそ完璧に目覚めたのだ。

10

ルカさんがご自分のマンションに連れて行ってくれたのは、そのすぐ後のことだった。さすがにこのまま家には帰れないだろうということで、ここから近いルカさんのご自宅に送っていただくことになったのだ。

どこからともなく現れた車が、びしょ濡れのわたしたちを乗せてくれた。よく見ると、運転しているのは、この前の食事会で出会った方だった。

常盤さんのことが気になったけれど、それもルカさんの部下の方がうまくフォローしてくださるというのでおまかせしてきた。あの状態をどうフォローするのかさっぱりわからない。わたしでは到底無理だ。

見るからにお高そうな車にびしょ濡れで乗ることはものすごく躊躇《ちゅうちょ》したけれど、否応なくルカさんに押し込まれた。後で弁償することを忘れないようにしなければ、と思いつつ、歯をガチガチ鳴らしながら車の中でもしっかりとルカさんに抱きしめられていた。

どうしてこんなことになってしまったのか。それにああ、父や母になんと言おう。常盤さんはともかく、信頼していた篠原の奥様もあんなことに関わっていたなんて。

それに、タイミングよく部下を伴って現れたルカさん。これまでも偶然はあったけれど、なぜルカさんはあそこにいたのだろう。

「ど、どうしてルカさんがあそこに？」

心の中の声がつい出てしまった。

「君の兄さんから頼まれたんだ」

「兄様に？」

思いがけない名前に一瞬震えが止まった。

「常盤隼人という人間を調べてほしいと。うちの会社は、信用調査もやっているから」

ルカさんはわたしを抱き寄せたまま、ぽつぽつと話し出した。

常盤さんのことを怪しんだ兄が、密かにルカさんを訪ねたそうだ。そして常盤さんを調べていくうちに、彼の素行の悪さがわかった。それから彼の父親の会社が、かなり厳しい状態にあることも。

それによって、常盤さんと篠原の奥様も多額の負債を背負うことになるそうだ。

同じようなことを、さっき常盤さん本人が言っていたっけ。

ルカさんは二人が悪事を画策している証拠を掴み、今日我が家に報告しに来た。そして、常盤さんを密かに尾行していた部下からの連絡を受けて、大慌てで公園に来たようだ。

「まあ、か、重ね重ね本当にごめんなさい」

まだ歯を鳴らしながら答えると、ルカさんが抱きしめる腕に力を込めた。

「本当に無事でよかった」

安堵の言葉はダイレクトにわたしの心を直撃した。後で家族みんなに謝ろう。そう心の中で決意する。

車は十分ほどで目的の場所に着いた。

ルカさんのご自宅は、高層マンションの最上階だという。そのマンションはエントランスも広く、住人とおぼしき人たちがギョッとした顔をしてわたしたちを見た。

まあ当然だろう。二人ともびしょ濡れで、しかも何だか生臭い臭いもする。それでも、こんなものすごい格好の二人を見ても、コンシェルジュの男性は顔色ひとつ変えなかった。

「どこかにご連絡を？」

男性が問いかけると、ルカさんが首を振った。

「問題ない」

そしてわたしを抱き寄せたまま、高層階直通のエレベーターに乗った。

問題ない？　こんな格好でこんなに生臭いのに？　頭の中に浮かんだけれど、言葉に出さないまま、エレベーターはあっという間に最上階に着いた。

開いて一番近いドアの鍵をルカさんはサッと開け、わたしを部屋の中に入れた。初めて訪れたルカさんのお部屋。せっかくなのでお家の中を拝見……する余裕はもちろんなく、バスルームに直行する。

広いお風呂だなと思っている間に、ルカさんがシャワーを出した。しばらくすると湯気がもうもうと立って、バスルームの中が温かくなってくる。

ルカさんに手を引かれ、服を着たままシャワーの下に立たされた。思わず小さく悲鳴を上げる。

熱いお湯が、凍えるように冷たいからだを少しずつ溶かしていく。その気持ちよさにため息が出る。

「服を脱いで」

真横に立っていたルカさんが言った。

は？　と顔を上げると、すでに彼は上半身裸になっていた。これまで、男性の裸など見たことがない。初めて見るそれは、まるで美術の本で見た彫刻のようだ。思わずまじまじと見ていると、ルカさんがわたしの服を脱がせ始めた。

「あわわっ、じ、自分でやりますっ」

泥と落ち葉のようなものがこびりついたカーディガンのボタンをなんとか外し、張り付いた服を引き剥《は》がすように脱いだ。ブラウスとスカートもなんとか脱ぎ終わり、下着姿になった段階でハタと気がついた。

……男性の前でこんな格好をして、わたしはいったい何をしようとしているのか。

とたんにわいてきた羞恥心。ルカさんはと言えば、とっくに全裸になっていて、脱ぎ終わった生臭い服をバスタブの中に放り込んでいるところだ。

は、裸だ。完全なる裸だ！

「早く脱いで」

目のやり場に困り、一人アワアワしているわたしにルカさんが催促した。

「早く洗わないと」

そう付け加えられると脱がざるを得ない。だって、ルカさんもわたしも沼みたいな臭いがするのだから。

思い切って下着を取り払い、他の服と一緒にバスタブに投げ込むと、頭から熱いお湯がかけられた。シャワーがこんなに気持ちいいなんて知らなかった。存分に熱いシャワーを浴び、からだが温まってくると、またほうっとため息が出た。

そして、ルカさんがわたしの髪にシャンプーをつけて洗い出した。

「こ、今度こそ自分でやりますっ」

そう言うと、ルカさんは頷いて、自分の頭を洗い出した。

本当に、どうしてこんなことになったのだろう。自分の長い髪を洗いながら、これまでのことを思い返していた。

お断りするために常盤さんと会い、なぜかボートに乗った。それから彼の本性を知って池に落ちて……。そして、今はこうしてルカさんと二人、全裸で並んで髪を洗っている。

傍から見たらどう思うのだろう。綾女なら笑い転げているかもしれない。わたしだって年頃の女性なのだ。好きな人の隣で全裸のこの状態が普通ではないことはわかっている。

でも今は、からだを温め、一刻も早くこの生臭い臭いを取りたかった。それはきっとルカさんも同じはず。二人で黙々と、からだ中を何度も洗う。髪を三回、からだを二回洗ったところで、ようやく沼のような臭いが消えた。

「やっとキレイになりました」

嬉しくって顔を上げると、ルカさんがジッとわたしを見ていた。わたしの目を。

もうもうとたちこめる湯気の中でも、彼の青い目がハッキリとわかる。とたんに戻ってきた羞恥心に、思わずたいして大きくない胸を両腕で隠した。

「隠さなくていい」

低い声がシャワーの音にまぎれて聞こえた。そして、あっと思う間もなく、ルカさんに抱きしめられた。裸の胸が重なる。初めて触れる男性のからだは、想像通り硬く引き締まっていた。

「ル、ルカさんっ」

反射的にしがみついてしまったけれど、わたしの頭の中はパニック状態だ。ルカさんの腕が少し緩む。顔を上げると、大きな手で両頬を包まれた。

「本当に、無事でよかった」

最後の言葉と共に唇が重なった。斜めに覆いかぶさる深いキスだ。お湯で温められたからだがさらに熱くなる。

ルカさんの舌が口の中に入ってきた。どうしたらいいかわからなくて、おずおずと自分の舌で触れると、からめとるようにきつく吸われた。

息が苦しいのにやめられない。やめてほしくもない。もっと近くにいきたい。わたしの中の本能が頭の中で叫んでいる。

ルカさんがキスをしながら、大きな手でからだをゆっくりとなでる。わたしの中の謎の熱がどんどん広がっていく。もどかしい気持ちをうまく伝えられない。

ルカさんの離れない唇に、すがるかのように自分の唇を押し付け、濡れた自分のからだを押し付けた。

彼の唇の動きがさらに激しくなり、さまよっていた腕がわたしのからだをぎゅっと抱きしめる。同時にルカさんの心臓がわたしと同じくらい激しく動いているのを感じた。

「雛子。今すぐ、一緒にベッドに行ってくれ」

唇を離して、苦しそうな声でルカさんが言った。それがどういうことなのか、今のわたしならわかる。だから頷いた。彼への拒絶の言葉など、ひとつも存在しないのだから。

わたしを抱き寄せたまま、ルカさんがシャワーを止める。それからドアを開けて大きなバスタオルを取ると、わたしの頭をわしわしと拭き、お互いのからだをさっと拭いた。そして裸のわたしを軽々と抱き上げて歩き出した。思わず彼の首にしがみつく。

やがて彼はどこかのドアを開け、そしてわたしはゆっくりと降ろされた。柔らかな感触が背中に当たる。そこはベッドだった。

少し顔を傾けると、大きな窓が見えた。開いたカーテンの向こうに見えるのは青空だけ。まだ昼間だから部屋の中は明るい。そしてこのベッドが自分の想像以上に大きいのもわかった。だって、手を横に伸ばしても、ベッドの端に届かないから。

そのとき、ルカさんが覆いかぶさるようにわたしの頭の横に手を置いた。青空と同じ色の瞳がわたしを見つめている。彼の短い髪もまだ濡れていて、しずくが頬を伝う。

そっと手を伸ばして触れると、それが合図のようにルカさんの顔がゆっくりと近づいてきた。ルカさんの唇にまた塞がれた。唇をきつく吸われ、舌と舌が絡み合う。これまでのキスが本当にあいさつ程度なのだと、今ならわかる。角度を変え、深さを変え、わたしの知らないキスをルカさんがくり返した。

腕を彼の首に回し、ぎゅっとしがみつく。そのまま広い背中に手を這わせた。ルカさんの肌は滑《すべ》らかで、そして全身の筋肉が固く引き締まっていた。戦士のからだだ。わたしだけの戦士。

裸の胸が重なり、心地いい重みを感じる。キスをしているだけなのに、からだが熱くなり、自分でも知らない場所が疼《うず》くような不思議な感じがした。

キスをやめたルカさんが顔を上げ、ベッドに肘をつけたままわたしの髪をなでた。たいして拭いていないから、まだしっかりと濡れている。長いせいで乾くのも遅いのだ。

「枕が、濡れちゃう」

ふかふかの大きな枕が濡れた髪の下にあるのを思い出して、思わずそう言うと、ルカさんが笑った。

「いいさ、どうせこのベッドが全部濡れることになる」

髪以外はほとんど濡れていないのにどうして、と思っていると、ルカさんの手がわたしの胸をそっと包んだ。

「あっ」

驚いて跳ねようとしたからだは、ルカさんの重みでまったく動けなかった。

額《ひたい》に、頬に、唇に。ルカさんがあちこちに優しいキスの雨を降らせ、ゆっくりと動く手は、わたしの中の熱をさらに上げた。

わたしの胸がルカさんの手の中で形を変える。どうすればいいのかわからなくて、その手の上に自分の手を重ねた。

いくら聖女とはいえ、それなりにそのコトについての授業はあった。ただ、具体的にどうするかは、シスターは誰一人教えてくれなかったけれど。

シスターがおっしゃったのはただひとつ、〝夫となる方にすべてを委《ゆだ》ねるのです〟だ。

当時はなんて曖昧《あいまい》な言葉なんだろうと思ったけれど、今ならわかる。ルカさんはまだ夫ではないけれど、今わたしができることは、言葉通りすべてを彼に委ねることだけだった。

決して嫌ではない。むしろ望んでいると思う。もっと深い関係になりたいと、常々思っていたのはわたしなのだから。

ルカさんの唇が首筋をなめるようにゆっくりと這《は》う。鎖骨にキスをして、そしてもう片方の胸の先にキスをした。

「あ！」

新たな感覚にまたからだが跳ねる。驚くわたしに構うことなく、ルカさんはそれを熱い口の中に含んだ。舌でなめられ、軽く吸われる。もう片方の胸はルカさんの手の中にすっぽりと納まり、ゆっくりと揉まれていた。

これまで体験したことのない、強烈な痺《しび》れがからだを走り、全身の神経がそこに集中しているように感じる。

そして、彼の唇が反対側に移り、痺れるような愛撫を与えられた。

両胸への愛撫は絶え間なく続き、口と手が代わる代わるこれまで知らなかった快感を呼び起こす。心臓が弾けそうなほど速く動く。ギュッと目を閉じて、彼の頭を抱え込むように抱きしめた。短い髪が指に触れる。なでるように手を動かすと、胸の先をさらに強く吸われた。

「ああっ」

ずっと続いている疼《うず》きが、さらに強くなった気がした。からだの中心がもっと熱くなる。脚の間がなぜか濡れているような気がして、無意識に脚を閉じた。

ルカさんの口が胸から離れる。それに代わるように、彼の手がまた胸を包む。指先で濡れた先端を転がすようになでられ、さっきとはまた違う感覚がわき上がってきた。

「んんっ」

思わず身をよじると、ルカさんが顔を近づけて、耳元にキスをした。

「気持ちいい？」

低い声でそうささやく。その声に背すじがゾクゾクとして、お腹の中がなんだか変な感じがする。初めて感じる肉体的な快感は、あまりにも強烈だった。

閉じていた目を開けると、ルカさんの顔が目の前にあった。青い目がわたしをじっと見つめている。

腕を上げて、手のひらで彼の頬を包む。ほんの少し引き寄せると、ルカさんが唇にキスをした。深いキスだ。お互いの舌が絡み合い、淫《みだ》らな音が聞こえる。

自分にこんなことができるなんて思わなかった。けれど、今こうしているのはとても自然なことに感じられる。

胸を愛撫していた手が離れ、激しかったキスがゆっくりとしたものに変わる。そして唇が頬を伝い、耳をなめられる。背すじがまたゾクゾクするのと同時に、あの場所がさらに熱くなった。

「初めて？」

耳に唇をつけたままルカさんが言った。

初めてとはどのことだろう？　この部屋に入ってからのこと、すべてがわたしにとっては初めてで、そしてこれから起こることも初めての体験になるだろう。

当然とばかりにブンブン頷く。

「力を抜いて」

そう言われて、自分のからだが驚くほど強張っているのがわかった。でもどうすれば力が抜けるのかわからない。

フルフルと首を振ると、ルカさんがまたキスをした。今度は優しいキスだ。それから、片手をわたしの脚の間に置いた。

「じっとして」

低い声がまるで魔法のようにわたしを支配する。温かくて大きな手が、脚の間をなでていく。

さっきまで、あんなに淫《みだ》らに動いていたとは思えないほど心地いい動きだ。

目を閉じて、じっと彼の手の動きだけを感じていた。

閉じた脚がゆっくりと開き、ルカさんの手が太腿の内側をなでる。温かな手なのに、ゾクリとした感触がそこから伝わってきた。

そしてその手が、わたしの中心に触れた。

「あ！」

ただ触れられただけなのに、あまりの衝撃に大きな声が出る。自分でもお風呂のときしか触ったことのない場所だ。そこに今、ルカさんが触れている。そっと、大きくて温かな手のひらを押し付けるように。

ルカさんがその手をリズミカルに動かした。何度も押し付けられると、さっきとはまた違う気持ちよさを感じる。

「ああっ」

また目をギュッと閉じて、反射的に脚を閉じようとしたけれど、一ミリも動かない。

その手のひらが、いつの間にか指に変わった。長い指がそこをなでるように動く。そして、彼の指がある部分に触れた瞬間、からだに電流が走ったような衝撃を受けた。

「あ!!」

微《かす》かな痛みと同時に、感じたことのない痺《しび》れが全身に伝わる。自分がどうにかなってしまいそうで、必死でルカさんのからだにしがみついた。

「大丈夫だ」

また耳元で彼がささやく。それは本当に魔法のようだった。ルカさんにぎゅっと抱きつき、彼の指の動きを感じる。ルカさんが指を動かすたびに、微《かす》かな水音が聞こえた。それはわたしの中心から出ている音。

脚の間が確かに濡れているような感触がある。どうなっているのかわからなくて、さらに不安になったとき、彼の指がそっと内側に入ってきた。

「……っ!」

声にならない声はルカさんの唇に吸い取られた。微かに感じる違和感と痛みのような感覚を忘れさせるように、ルカさんのキスは激しくなる。

唇を吸われ、舌を絡められても、彼の指の動きを忘れることはできない。

わたしの気を紛らわせるようなキスと同時に、彼の指がさっきよりも深く入ってくるのがわかった。

それと同時に、さっき触れられた敏感すぎる部分にも別の指が触れる。リズミカルに押されるたびに、快感が走る。

これまで感じたことのない、自分がどこかに飛び立ってしまいそうな、そんな感覚に陥《おちい》る。

「あ、ああっ」

いつの間にか終わっていたキス。今、わたしの口からはそんな声しか出なかった。

ルカさんの指がさっきよりも速く動いている。何度も出し入れをくり返し、そこを広げるように指を回していた。その指の感触から、そこが恥ずかしいほど濡れているのがわかる。

違う指が動き、そして一番敏感な部分を何度も刺激した。彼の指の動きはさらに激しくなる。強い刺激を受けて、頭の中が一瞬真っ白になった。

ルカさんの重みをはねのけるように、からだがビクビクと震える。そんなわたしをなだめるためか、ルカさんがわたしを抱き寄せ、唇にまたキスをした。

ゆっくりと指が引き抜かれる。

「痛くなかった?」

掠れた声に荒く息をつきながら頷くと、ルカさんのからだが一瞬離れた。とたんに感じる肌寒さ。ルカさんはベッドに腰掛け、こちらに背を向けたまま何やらごそごそしていた。

声を掛けるべきか悩む前に、また彼が戻ってきた。

からだを重ね、唇にキスをする。そして、ルカさんの唇がゆっくりとからだの下の方へ移動した。胸の先をなめ、おへそをなめ、くすぐったさにからだをよじろうとするわたしを押さえる。そして彼は、わたしの脚を広げた。

「えっ」

驚く間もなく、ルカさんがそこにキスをしていた。わたしの、そこに。

「ええっっ」

閉じようとした脚がルカさんの手で押さえられる。すっかり露《あら》わになったそこを、ルカさんの舌がなめる。

恥ずかしさを上回る新たな快感がからだ中を駆け巡った。そこがどうなっているのかもわからない。ルカさんが舌でなめ、軽く歯をあてる。その度にからだが跳ねる。

そして、一番敏感な部分をその口に含まれた瞬間、頭の中で火花が散った気がした。まるで電流が走ったような衝撃だ。

「ああ！」

ルカさんの頭を押さえるけれど、その動きは止まらない。ルカさんは敏感な部分を吸い、舌を這《は》わせ、啜《すす》るような音を立てる。

恥ずかしくて死にそうだ。でも止めて欲しくない。正反対の感情と、強すぎる快感に何も考えられない。ギュッと閉じた目の中が真っ白になる。いっそう激しい快感が足元から伝わり、一気に駆け抜けていった。

「はぁ！」

自然とからだが仰《の》け反《ぞ》ると、ルカさんの口の動きがゆっくりになり、最後にそっとキスをして顔を上げた。

うっすらと目を開けると、彼が口元を拭っている様子が見えた。

ああ、なんてこと。わたしのそこを濡らしている謎の液体を、彼はなめ、飲み込んだのだ。そして恥ずかしながら、今もまだそこはぐっしょりと濡れていた。

いつの間にか投げ出していたわたしの手を、ルカさんが手に取った。その甲にキスをして、わたしをジッと見つめる。

「雛子、初めて会ったときから、きみを愛している。俺のものになってくれ」

青い目がわたしを見つめていた。

愛の言葉だ。まぎれもない、愛の言葉。

すでにわたしは彼のものだと自覚している。すべてを捧《ささ》げる覚悟はずっと前にできていた。

「はい」

そう答えると、ルカさんがからだを倒してまたキスをくれた。同時に、わたしの両脚の間に彼のからだが収まる。何か、とても熱くて固いものが内腿に当たっていた。

キスをやめたルカさんが、真剣な目でわたしを見つめた。そして……。わたしのからだの中に熱い塊《かたまり》が入って来るのを感じた。彼の指よりもずっと太く、そして舌よりも熱いものが。

目の前のルカさんも顔を顰《しか》めていた。けれど、視線は決して外さない。わたしを見つめたまま、ゆっくり押し入ってくる。

ようやくひとつになるのだ。嬉しいのに、その痛みと苦しさに涙が出てきた。

ルカさんの視線が外れ、涙を唇で拭われた。そして、またキスをされる。もっともっと激しいキスだ。

痛みはさらに強くなったけれど、唇を塞がれたままだから声も出せない。

「んっっんん」

骨が割れそうに痛い。からだが壊れそう。そう思ってしまう、圧倒的な圧迫感と痛み。

ああ、これが破瓜《はか》の痛みというものか。授業でシスターがちらりと言っていたことを思い出した。愛し合うために必要な痛み。

そう思うと我慢できそう……いや、できない。痛いものは痛い！

思わずルカさんのからだを押したら、ルカさんの片手がからだの間に入り、一番敏感な部分を執《しつ》拗《よう》に愛撫された。

「んんっ」

痛みが快感に変わる。また痺《しび》れるような感覚に陥《おちい》りそうになった瞬間、わたしの中にある彼自身が、さらに奥深くに進んだ。

「いっ、ああ！」

その瞬間、快感を吹き飛ばすような痛みを感じた。あまりの痛みに、唇を離し、ルカさんの背中に爪を立てていた。

「すまない、すぐに慣れるから」

苦しそうなルカさんの声。歯を食いしばっているような、あまりにも辛そうな声に、手を伸ばして彼の顔を包んだ。

「痛いか？」

ルカさんが聞いた。

「ものすごく」

彼の申し訳なさそうな表情に、思わず首を振りそうになったけれど、だけど痛いものは痛かった。素直にそう答えると、彼が苦笑いを浮かべた。

その顔を引き寄せ、自分からキスをする。唇が重なり、彼の舌が入ってきた。痛みを忘れさせるように、深いキスが続く。そしてルカさんの手がまた胸に触れ、固く立ち上がっている先端を指でつまんだ。

「んっ」

脚の間はまだジンジンと痛みが続いていた。でも、気持ちよさが少しだけ上回る。

キスは途切れることなく続き、ルカさんの指は絶えず愛撫をくり返す。わたしの中にある彼自身が、熱くて固くて、ドクドクと脈打っているのがわかる。

ようやくひとつになれたのだ。それは、これまで感じたことがないくらい幸せな気分だった。思わず流れた涙を、ルカさんの唇が吸い取る。

「少し動く」

彼が言い、その言葉通り、わたしの中の熱い塊《かたまり》が前後に動き出した。引き攣《つ》れるような痛みはあったけれど、ルカさんがあの部分を愛撫してくれたので、また気持ちよさが戻ってきた。ギュッと抱きしめられたまま、からだを揺さぶられる。ルカさんが腰を動かすたび、さっきまでとは違う感覚があった。どんな言葉で表現していいのかもわからない。

ルカさんはこれまでの誰よりもわたしの一番近くにいる。同化していると言っても過言ではないかもしれない。彼とわたしは同じリズムを刻み、同じ動きをくり返していた。心臓は激しく動いている。それはルカさんも一緒で、わたしの耳には彼の荒い息遣いが絶えず聞こえていた。

全身から汗が噴き出す。それも彼と同じだ。

『どうせこのベッドが全部濡れることになる』

謎めいたルカさんの言葉の意味が、ようやくわかった。乾いていたシーツは、今は全体的にしっとりと濡れていた。

濡れた髪のせいじゃない。わたしたちの汗と、そして、わたしの中心からあふれてくる体液のせいだ。それは、最初からずっととどまることなく続いていた。

「雛子」

ルカさんが耳元でささやいた。少し苦しげで、そして女のわたしでもドキッとするほど色気のある声だった。

「雛子、愛している」

ああ。こんなに幸せなのに胸が苦しい。気がつくとまた涙があふれていた。

「まだ痛いか？」

動きを止めて、心配気な顔でルカさんがわたしの顔を覗き込んだ。痛みのせいじゃないから、ふるふると首を振った。

心臓が激しく動いているから声が出せない。そして答える代わりに彼の首にしがみついた。

「ああ、雛子」

ルカさんがわたしのからだをぎゅっと抱きしめた。

彼は動きを止めている。それでも互いのからだを押し付けあうと、二人がしっかりとつながっていることがわかる。

わたしの中に、ルカさんがいる。それはとても熱くて固い楔《くさび》のようだ。

ルカさんがわたしを抱きしめたまま横を向いた。片方の脚が彼の脚の上に置かれ、ルカさんの大きな手がわたしのお尻を包んだ。

ゆっくりとなでられ、回すように動かされる。同時にルカさんの腰も動き出した。

抱きしめられたまま、愛の動きが再開された。それはさっきよりも穏やかだったけれど、さらに深い場所でつながっているような気がした。

広い背中に手を回し、ルカさんにしがみつく。彼の胸の中は心地よく、自分のからだが彼の中に溶けていくようだ。

穏やかだった動きが徐々に速くなる。ルカさんの手がわたしの片脚を抱える。そして彼は、ぐっと腰を押し付けた。深い場所を刺激され、思わず背中を仰《の》け反《ぞ》らせる。ルカさんはどんどんスピードを上げていく。激しい動きに、からだがガクガクと揺れた。

痛みはもうなかった。ルカさんの固い楔《くさび》に何度も擦《こす》られているうちに、じわじわとせり上がってくるような気持ちよさを感じていた。

ルカさんが動くたびにぐちゅぐちゅと濡れた音が聞こえる。わたしの中から絶えずあふれている液体だ。

男女の営《いとな》みというものが、こんなに淫《みだ》らで生々しいものとは想像すらできなかった。本当に、愛がなくてはこんなことはできない。

そう、わたしは彼を愛しているのだ。

ルカさんの動きに合わせるように、痺《しび》れるような快感が、波のようにわき上がっては引いていく。うまく息ができなくて、全力疾走しているくらいに胸が苦しい。けれど、動きを止めてほしくはなかった。

そんなわたしの気持ちとは裏腹に、ルカさんがまた動きを止めた。

荒く息をはきながら、わたしをぎゅっと抱きしめる。合わさった心臓はお互いに激しく動いていた。ルカさんの手が背中をなでる。ゆっくりと深呼吸をすると、わたしの中にある彼自身が細かく震えているような気がした。

「ようやく俺のものになった」

ささやくようにルカさんが言った。

その通りだ。わたしは、何もかもが彼のものだ。

ルカさんの肩に頭を寄せ、目の前にある太い首筋にそっと唇をあてると、そこがドクドクと脈打っていた。

「もっと強く吸ってくれ」

震える声でルカさんが言い、大きな手がわたしの頭を導く。

おずおずと舌でなめると塩辛い味がした。そして言われた通り吸い付く。ルカさんにさらに強く抱きしめられる。

しばらくして唇を離すと、そこが赤く染まっていて、花のように見えた。

「雛子の印だ」

ルカさんが息をはきながらそう言う。

わたしの印。彼もまた、わたしだけのもの。

ルカさんがわたしをまた仰向けにし、その上に被さった。顔を上げると、青い瞳がすぐ前にある。

鼻と鼻をくっつけ、ついばむようなキスを交わす。

そして、ルカさんがわたしの胸の上あたりに唇を這《は》わせる。舌でなめ、そして強く吸われた。チクンとした痛みが走り、背すじがゾクゾクする。

顔を上げたルカさんが満足げに笑う。視線をそっと下げると、そこには同じような赤い花が咲いていた。

「ルカさんの印」

そっと口に出すと、彼が頷く。

そしてまたゆっくりと動き出した。太くて熱い楔《くさび》がわたしのそこをゆっくりと擦《こす》る。その間、ルカさんの目はわたしの目をじっと見つめていた。

からだ中の熱がそこに集まるようだ。ルカさんが動くたびにお腹の中が熱くなる。疼《うず》くような、ゾクゾクとした快感がじわじわと広がっていく。

「俺を求めてくれ」

ルカさんが目を見つめたまま、食いしばった歯の間から掠れた声を出す。腰の動きは少しずつ速度を上げていく。

ルカさんの首にしがみつき、自分の腰を彼に押し付けるように持ち上げた。その瞬間、ルカさんがさらに激しく動いた。からだを打ち付ける音と水音がさっきよりも大きく聞こえる。

「ああ、ル、ルカさんっ」

ベッドの軋《きし》む音とわたしの喘ぎ声が部屋中に響く。心臓は速く動き、呼吸も荒くなってきた。

ルカさんがからだを起こし、わたしの両脚を持って広げると、より深く押し入ってきた。

「ああっ」

もっと深い場所を突かれ、その苦しさに思わず声が出る。それでもルカさんの動きは止まらない。

彼の動きに、からだがベッドの上で跳ねているようだ。

「雛子っ」

ルカさんが苦しそうな声を出し、からだを倒してわたしをぎゅっと抱きしめた。

彼の動きは速さを増し、わたしはただただ揺さぶられているだけだった。

声すらも出せず、ひたすらルカさんにしがみつく。からだの中心から、また痺《しび》れるような快感がわき上がってきた。

わたしの中からあふれてくる体液が、お互いのからだを濡らす。水音は大きくなり、ルカさんの動きはもっと激しくなった。

わたしの内側が、彼自身を求めるように、締めつけようと動いているのがわかる。

もっと近くに行きたい。何もかもがひとつになって、彼と溶け合いたい。

今まで想像すらしなかった独占欲、所有欲が頭の中に渦巻く。

投げ出していた脚を上げ、彼のからだをぎゅっと挟んだ。背中に回した両腕に力を入れ、全身でルカさんを抱きしめる。

そのとき、ルカさんがさらに強く腰を押し付けた。そして、わたしの中にある彼自身がビクビクと震えるのを感じた。それと同時に、痺れるような快感がわたしの中に広がる。

ルカさんのからだから汗が噴き出す。激しく動く心臓が重なり合っていて、脈を打つ鼓動がすぐ近くで聞こえた。

わたしの上に彼の重みがかかる。大きなからだだから、一瞬息が止まりそうになった。でも、その重さも心地いい。

汗ばんだ背中をゆっくりとなでると、ルカさんが深呼吸するのがわかった。そして彼が、腕をついてグッと起き上がる。

「なんて素晴らしいんだ」

掠れた声でそう言い、腰を押し付けながらキスをしてきた。ゆっくりとしたキスは濃厚で、彼が腰を動かすたびに快感の余韻《よいん》を感じる。

「大丈夫か？」

唇が離れ、青い目がわたしを見つめている。

汗にまみれていても、その顔はうっとりするほど美しい。

わたしが頷くと、ホッと息をついて彼がゆっくりと離れた。その瞬間、微《かす》かな痛みを感じたけれど、それ以上に寂しさを感じてしまった。

ルカさんはまた背を向けてベッドに座り、何やらゴソゴソした後、

「待っていてくれ」

そう言って、裸のままドアの向こうに消えた。

このまま素っ裸で大の字で寝転がっていていいはずがないのに、からだの彼方此方《あちこち》が痛くて動かせなかった。

仕方なく仰向けに寝転んだまま、天井を見上げた。自分の部屋よりも高い天井は、壁と同じ真っ白だ。

顔だけを窓に向けると、そこにはまだ青空が広がっている。まわりに何も見えないから、このマンションがとても高いことがわかる。

後で他の部屋も見せていただこう。そんなことを考えていたらルカさんが戻ってきた。ちゃんと下着をつけている。

ルカさんはベッドを軋《きし》ませて、わたしの上にかがみ込んでキスをした。

「じっとしてて」

そうささやくように言うと、だらしなく伸びたわたしの脚の間に温かく濡れたタオルをあてがった。

「きゃっ」

思わず手で顔を覆う。今更だけど恥ずかしくてたまらない。

そんなわたしに構うことなく、ルカさんはそのタオルで脚の間を優しく拭った。ちらりと見ると、真っ白なタオルがところどころ赤く染まっている。

まあ！　と慌てて起き上がろうとしたけれど、腰のあたりに痛みが走って、からだを起こせなかった。

「まだ痛むだろう？　しばらく休んでろ。今、着替えを用意させているから」

そう言って、わたしの上にシーツをかけてくれた。

彼の言葉で、バスタブに投げ込んだ生臭い洋服を思い出す。

「申し訳ありません。あの、できればあの服は処分したいので……」

洗濯すればいいのだろうけれど、なんとなくまた着る気にはなれなかった。

ルカさんは頷くとわたしの隣に座り、髪をなでてきた。大きな手のひらは温かく、そして心地よかった。うっとりと目を閉じながら、さっき言えなかった言葉を思い出した。

「ルカさん」

「ん？」

「わたし……わたしも、ルカさんを愛してます」

初めて会ったあの瞬間から。まるで学生の頃にこっそりと読んだロマンス小説みたいに、一瞬で恋に落ちたのだから。

「ああ、知っている」

低く、そして少し笑いを含んだ声に、思わず彼を見た。

「雛子は日本人なのに、感情がとてもわかりやすい」

やっぱり。頭の中に浮かんできたのはその言葉だけだった。

ルカさんはベッドサイドにあった小さな台に手をのばした。その上には、あのときの写真が飾ってある。観覧車の写真だ。ずっとルカさんはそこに飾ってくれていたんだろうか。そう思うと、机の中に隠していた自分が恥ずかしく思えた。

わたしが自己嫌悪に陥《おちい》っている間に、ルカさんはその台の下にあった引き出しを開け、中からキラキラ光るものを取り出した。

「まあ、それは！」

沈んだ気持ちが一気に吹き飛ぶ。なんとか起き上がると、はらりとシーツが落ちた。今更かもしれないけど、シーツを胸元まで引き上げる。

ルカさんが持っていたのは、わたしが失くしたと思っていたあのかんざしだった。あの運命の結婚式の日につけていたもの。

「ずっと失くしたと思っていたのです。ルカさんが拾ってくださったのですね」

ルカさんは頷きながら、かんざしを持ってくるりと回した。ぶら下がったちりめんの花飾りが円を描くように揺れ、金色の飾りがシャンと音を立てる。

「いつか必ず君に返そうと思っていたんだ」

そう言って、かんざしをわたしに差し出した。受け取ったそれは少し重く、そしてようやく戻ってきた嬉しさが胸にこみ上げる。

「これを拾ったときから、俺はきっと恋に落ちていた。そして、君がどこの誰なのか探した」

ルカさんがまたわたしの髪をなでた。そっと顔を上げると、海の色の瞳が優しげにわたしを見ていた。

「わたしを？」

「そうだ。あの日あのホテルにいた人間を調べるのは、それほど困難じゃなかった。しかも君は、見るからに結婚式の参加者だったから」

ルカさんは少しだけ申し訳なさそうな顔をした。

「その後、公園で会ったことも、展示会にいたことも、決して偶然じゃない」

「え！」

かんざしよりも衝撃的な内容に思わず目を見開く。

「きみがどこの誰なのか知ってから、きみの行動を追っていたんだ。展示会の警備も、自分が出られるように手を回した」

「まあ……」

「仕事に私情を持ち込んでしまい、自分でも驚いた」

自嘲気味に言いながら、わたしの髪を指先でずっと触っている。

「きみは俺の作り上げた偶然を心から喜んでいた。心苦しく思ったけれど、きみの嬉しそうな顔がそれを上回った」

幸せすぎて眩暈《めまい》がしそうだ。どうしよう、これがもし夢だったら。もう百年以上寝るしかないっ。

「さっき雛子は変なことを言っていたけれど……」

さっき？　さっきとはいつのことだろう？

「俺はスイスに帰る予定はない」

ああ、そのことか……

「えっ、そうなのですかっ？」

つい驚いてそう言うと、ルカさんが呆れ顔で頷いた。

「どこからそんな話が出てきたのか知らないが、その予定はない」

そう言えば、わたしだって誰から聞いたのだろう？　そんなようなことを、母が言っていた気がする。もしかしたらあれも、常盤さんたちからそそのかされたのかもしれない。

「それから、きみは最初にトモダチになってほしいと言ったが、俺はそんな気は少しもなかった」

頭の中にまた〝？〟マークが浮かぶ。

「最初からきみの好意はわかっていた。なのになぜトモダチなのか理解できなかった。日本人の奥ゆかしさだと思ったんだ。だから、俺の中ではきみは恋人だった」

「まあ！」

「俺は確かに半分スイス人だが、誰彼かまわずキスをしたりはしない」

呆れ顔のルカさんをまじまじと見つめてしまった。

「あ、あいさつなのだとずっと思っていました」

正直に答えると、彼はがっくりと項垂《うなだ》れた。

「そうだろうと思っていた。雛子以外は、みんなわかっていたのに」

そうだったのか……。男性と付き合ったことがないから、男女のお付き合いがどういうものかまったくわからなかった。

でも、今思い返せば、ルカさんとの行動は男女のデートそのものだ。

「ごめんなさい」

同じようにがっくりと項垂れたら、ルカさんがそっと抱きしめてくれた。

「いや、いいんだ。そんな雛子だから、ますます好きになった。雛子の気持ちはいつも顔に出ていたから。だから……あの男のことを聞いたとき、大人げなく冷たい態度を取ってしまって、悪かったと思っている」

彼の腕に力が入る。頬に押し付けられた素肌の胸。心臓の鼓動も聞こえてくる。

「雛子が自分以外を選ぶはずがないと勝手に思っていた傲慢《ごうまん》さを、打ち砕かれた気がしたんだ」

ぎゅっと抱きしめられていると、色んなことが頭の中を巡った。素っ気なかったルカさんの態度。その後の慌てた連絡。考えれば、簡単なことばかりだったのに。

わたしは、わたしたちは、とても遠回りをしてしまったようだ。

「わたしこそごめんなさい。もっと最初からはっきり言えばよかったんです。そしたら、こんなことにならなかった」

池に落ちたときの寒さと恐怖を思い出して身震いする。それを察したのか、ルカさんがもっとぎゅっと抱きしめてくれた。

「雛子が無事で本当によかった」

からだが離れ、ルカさんの両手がわたしの頬を包む。

「雛子、Ich liebe dich……」

唇がそっと重なった。腕を伸ばしてルカさんの背中に手を回す。

わたしを目覚めさせ、そして守ってくれる人。

うっとりとキスを受けていると、インターホンが鳴ったのが聞こえた。

キスをやめてルカさんがからだを起こした。ちょっとがっかりしつつ、手早く洋服を着始めたルカさんをじっと見つめた。

「部下だ。きみの洋服を持ってきてくれたんだろう」

そう言うと、シャツのボタンを留めながら部屋を出て行った。

玄関先から何やら男性の声が聞こえ、しばらくして、大きな紙袋を持ってルカさんが戻ってきた。

「下着のサイズはわからないが、適当に見繕《みつくろ》ってもらったからとりあえず着てみてくれ。それから、これもきみの忘れ物かな？」

そう言って、紙袋からわたしのハンドバッグを取り出した。

「まあ！　すっかり忘れていました」

お財布も携帯も入っているのに、本当にすっかり忘れていた。

「ボートの中にあったそうだ。池に一緒に落ちなくてよかったな」

頷きながら受け取り、中をあけて携帯を見ると、兄からの着信とメールがたくさん入っていた。メールは相当心配した内容から最後は罵詈雑言《ばりぞうごん》一歩手前まで様々だったけれど、ほんの三十分ほど前に届いたメールには、〝無事でよかった〟とだけ書いてあった。

心配している兄や両親の顔が浮かんだ。早く帰って、無事な姿を見せなければいけない。それは同時に、今回のことにショックを受けている両親の顔を見るということだ。それを思うと心が重かった。

「一緒に帰ろう」

優しげな声に顔を上げると、ルカさんがわたしを見下ろしていた。その表情は穏やかで、わたしは何とも言えない心強さを感じる。

ああ、わたしにはもうこの人がいるのだ。一人じゃない。これからは、いや、今までもこれからも、彼はわたしを守ってくれるただ一人の人。

「はい、一緒に帰りましょう」

手を差し出すと、ルカさんがその手を取った。

11

もう一度シャワーをお借りして、今度はお湯をためたバスタブでしっかりと温まった。お風呂場はいつの間にか掃除され、洋服も処分されていた。

存分に温まり、髪の毛をしっかり乾かしてから、用意していただいた服に着替える。

予《あらかじ》めルカさんから渡された紙袋には、新品の下着といつもわたしが着ているようなブラウスとスカート、そしてストッキングが入っていた。下着は不思議なくらいぴったりで、洋服のサイズも問題なかった。

スッキリとした気分でバスルームを出て、リビングに続くと思われる廊下を進む。せっかくルカさんのお宅にお伺いしたのに、まだバスルームと寝室しか知らないのだ。

高層マンションの最上階とはいえ、間取りに奇抜さはなさそうだから、と玄関に背を向けて廊下を進むと、扉を開けた先に広いリビングルームがあった。この部屋も一面がすべて窓になっていて、日が暮れはじめた空が見えた。

「サイズは大丈夫だった？」

声に振り向くと、キッチンからルカさんが出てきたところだった。手には飲み物が入ったグラスを持っている。

「はい、ぴったりでした」

ルカさんは頷くと、そのグラスを渡してくれた。

「グリーンティーだ」

「あ、ありがとうございます」

一口いただくと、冷たい緑茶が喉《のど》を通り過ぎる。

「美味《おい》しいです」

「俺もシャワーを浴びて着替えてくる。少し待っていてくれ」

ルカさんが廊下に出たのを見送って、グラスを持って、リビングの大きなソファに座った。お茶をまた一口飲んで、テーブルの上に置く。

ルカさんのお部屋は全体的に白と黒のイメージだった。天井と壁は真っ白、対して床全体が色の濃いフローリング。家具はあまり置いていない。

寝室はベッドとサイドテーブルだけだったし、このリビングダイニングも、ソファとテーブル、後は大きなテレビがあるだけだ。きっと他の部屋もこんな感じでスッキリとしているのだろう。

とても広くて、キレイで、素敵なお部屋だけど、なぜだか少し寒々しく感じる。この部屋で、ルカさんはどんなふうに過ごしているのだろう。お仕事が忙しかったと言われていたから、ほぼ寝るための場所だったのかもしれない。

たった一人で日本に来て生活しているなんて、本当にすごいと思う。もしわたしが一人で外国に行っても、きっと何もできない。ルカさんの行動力を羨《うらや》ましく思った。

わたしは本当に箱入り娘の代表みたいだ。綾女がそれを揶揄《やゆ》していばら姫と名付けたのも今なら素直に頷ける。

でも、今のわたしは違う。百年の眠りから、いばら姫はキスで目覚めた。わたしだって、目覚めた早々……ルカさんといたしてしまった。

ああ、ダメよ、ダメ。はしたないからやめなさい。頭に命令すればするほど、さっきのコトがドンドンよみがえってきた。思わずソファに置いてあったクッションを抱きしめ、顔を埋めてにやけそうな顔を隠す。

すると、突然頭の上に大きな手が乗った。慌てて顔を上げると、すっかり着替えを終えたルカさんがいた。

「ご両親には連絡してあるから、何も心配しなくていい」

慰《なぐさ》めるようにそう言って、ソファの隣に座りわたしを抱き寄せた。温かいからだが心地いい。

……もしかして、誤解されているのだろうか。家に帰りたくない、とか。

確かにこれから家に帰って、諸々話し合いをしなければいけない。

が、ハッキリ言ってそんなことはすっかり忘れていた。先ほどのコトを思い返して身悶《みもだ》えていたなんて、口が裂けても言えない。ここは黙っていよう。そう決意して、誤魔化すようにルカさんにぎゅっとしがみつくと、力強く抱き返してくれた。

ああ、神様ごめんなさい。雛子はとうとう嘘つきではしたない女になってしまいました。でも、それでも本当に幸せなのです。

ルカさんにしばらくの間慰めていただいて、部屋を出る頃には外はすっかり暗くなっていた。マンションの地下に停めてあったルカさんの車に乗り、自宅に向かう。

ルカさんはわたしの自宅近くのコインパーキングに車を停めると、わたしの手をぎゅっと握って歩き出した。

ドキドキしながら玄関のインターホンを押すと、バタバタと音が聞こえ、そして玄関の扉が勢いよく開いた。驚いた瞬間、中から文字通り飛び出してきた母に抱きつかれた。

「雛子！　ごめんなさい、雛子。本当にごめんなさい」

こんなに取り乱した母を見るのは初めてだった。

「お母様」

おずおずと母の背中に手を回して、そっとなでる。

「おかえり、雛子」

母の肩越しに父と兄の姿が見えた。父もすまなそうな顔をしている。

「お母さん、雛子を中に入れてやってください」

兄が言い、母がハッと顔を上げた。

「そ、そうね。ごめんなさい」

目に浮かんでいた涙を拭い、母が言った。そしてわたしの後ろに目を向ける。

「芳野さんもどうぞお上がりください」

「お邪魔します」

低い声が聞こえ、わたしは母に、ルカさんは兄に促《うなが》されて家に入った。

居間に入り、わたしとルカさんの正面に両親、兄は一人掛けのソファに座った。改まった感じにドキドキが戻ってくる。どう切り出そうかと思っていたら、両親が揃って頭を下げた。

「雛子、すまない」

「ごめんなさい」

驚きのあまり声も出ないわたしに向かって、顔を上げた父は本当に悔しそうな表情をしていた。

「あの男の本性を見抜けなかったせいで、お前があんなことになるなんて……。あの男は何だか怪しいと言った一矢の忠告も聞かず、突っ走ってしまった自分たちがすべて悪かったと思っている。今日、芳野さんに調査の結果を知らされて、そして雛子があの男に池につき落とされたと聞いたときは、生きた心地がしなかったよ」

「お父様……」

池のことについては少し違う気もする。どちらかと言うと、わたしが常盤さんに色々やってしまったのだけど、ここで訂正するのもどうかと思い黙っていた。

それより、兄がそんなことを両親に言っていたとは思わなかった。そうか、だから兄はルカさんに調査を頼んだのか。

「雛子、ごめんなさい」

目を真っ赤にした母がわたしを見て言った。

「雛子が芳野さんをお慕いしていることはちゃんとわかっていたわ」

「えっ、だってお母様は……」

またまた驚いたわたしを見て、母が少し微笑む。母はルカさんのことを、ただのお友達として認識していると思っていた。

「こんなわたしでもあなたの母親よ。娘が恋をしていることくらいわかるわ。……でもね」

母がまた悲しげな顔になった。

「前にも言った通り、芳野さんは外国の御方。もし雛子が芳野さんと結婚して一緒に外国に行ってしまったら？　って、そう考えると怖かったの。だから、篠原の奥様のお話に飛びついてしまって……」

「わたしだって同じだ。娘が遠くに行くのが寂しかったんだ」

また泣き出した母を父が慰《なぐさ》めながら、そう言った。

そうか、ずっといばらだと思っていたけど、わたしを囲っていたのは両親や兄の純粋な愛情なのだ。

「お父様、お母様、ごめんなさい。二人のことは大好きよ。でもわたしにとってルカさんは、とても大切な人なの」

自然と出てきた涙を指で拭う。そんなわたしに両親が頷いた。少し悲しげな表情は変わらない。

と、そのとき。

「何だか話が勝手に進んでいるようですが」

と、ずっと黙っていたルカさんが声を上げた。全員の目が彼に集まる。それを受け止めるようにぐるりと見回し、そして両親を見据えた。

「わたしはもうスイスに戻るつもりはありません。二度と帰らないと決意して来日していますので。それは向こうにいる両親も納得しています。わたしはこの日本で、生きていくと決めています。まあ、顔を見に行くくらいはしますがね」

きっぱりと言い切ったルカさんに、母があんぐりと口を開けた。

「と、ということは?」

「お嬢さんと結婚しても、彼女は日本にいるということです」

「まあ！」

驚いてた母の顔が徐々にほころぶ。ルカさんを見ると、彼も苦笑いを浮かべていた。

「すっかり話の順番が逆になってしまったようだ」

そうつぶやくように言うと、ルカさんが改めて両親に向き合った。

「お嬢さんと結婚させてください。必ず幸せにします」

「ル、ルカさんっ」

思わず立ち上がってしまったわたしを彼が見上げた。そして、わたしの手をぎゅっと握った。

「雛子、結婚してくれ」

海の色の目にわたしが映っていた。出会ったときからいつも、この青い瞳に守られてきた。両親や兄とは別の愛情で、わたしを包んでくれる人。

「はい、喜んで！」

そう答え、ルカさんに飛びつくように抱きついた。

「これで一件落着か。まさかハーフの義弟ができるとはな」

兄の少し呆れた声が聞こえた。ハッとからだを起こすと、苦笑している兄と両親の嬉しそうな顔が見えた。

「不束《ふつつか》な娘ですが、よろしくお願いします」

父がルカさんにそう言い、頭を下げた。

「素敵だわ。早速結婚式の準備をしなければ。でもその前にお夕食にしましょう」

急に元気になった母が、立ち上がっていそいそとキッチンに向かう。

随分とあっさり認めてくれたことに少し驚く。いや、反対されても困るんだけど。それが顔に出ていたのか、父が苦笑した。

「お母さんも言ってただろう？　雛子が芳野さんと出かけるとき、見たことがないくらい嬉しそうな顔をしているのを見ていたんだから。お父さんたちはもう何も言えないよ」

まあ。そんなに顔に出ていただろうか。

「それに、失礼かと思ったが、芳野さんのことは前もってしっかり調べさせていただいた」

思わず眉をひそめると、父がまあまあとなだめてくる。

「このことはすでにご存じだよ」

ルカさんを見ると、彼も頷いている。

「ご両親としては当然のことだ」

なんてお心の広い方。密かに調べられるなんて、きっと不愉快だったでしょうに。

じゃあ常盤さんのこともっと調べてからにしてくれればよかったのに……と喉まで出かかっていたけれど、これを言えばまた父が悲しむだろうと思ってやめた。

兄がルカさんに素行調査を頼んだと言っていたから、きっとルカさんの調査をするよう両親に言いだしたのは兄だろう。こっそりと兄を見ると、わたしを見てニヤリと笑っていた。

なんだか悔しい。でも、なんだかんだで兄のおかげでこうしてルカさんといられるのかもしれない。そう思うと悔しい気持ちも徐々に消えていった。

昨日までは想像できなかったくらい、とても和《なご》やかに食事をした。常盤さんの話になったときは一瞬微妙な雰囲気になったけれど、その処遇についてはルカさんに一任された。

これまで幾度《いくど》となくルカさんに助けられていたので、両親はすっかり彼を信頼している。それならもっと早く……とまた思ってしまったけれど、両親の気持ちもわからなくはないので、またグッと我慢した。

食事を終え、ルカさんを見送るために駐車場まで一緒に行った。

「ルカさん、本当に色々とありがとうございます」

道すがら改めて言うと、ルカさんがつないでいた手に力を入れる。

「雛子を守るのが、俺の役目だ」

わたしを見下ろし、そして微笑む。何だか諦めたふうの笑顔にも見えるけれど、その笑顔にわたしも笑う。

「これからも？」

「これからも。そして永遠に」

立ち止まって、ルカさんがゆっくりと顔を近づけてきた。期待通り、柔らかな唇が優しいキスをくれる。もう数え切れないほどたくさんキスをして、そしてそれ以上のこともしたのに、改めてされた誓いのキスに胸が高鳴る。

これまでずっと、両親や兄に守られてきた。その愛情はいばらのようにわたしをとり巻き、それはときに煩《わずら》わしくも思えた。

でもこれからは、ルカさんが慈《いつく》しんでくれる。ルカさんの作ってくれるいばらの城でなら、百年眠ることも悪くない。

だって、彼はいつでもキスだけで、わたしを目覚めさせてくれるのだから。

大和撫子《やまとなでしこ》に出会えたら

1

彼女の長い黒髪が、白いシーツの上を波打つ。

日本人形のような容姿をもつ恋人は、汗にまみれ、淫《みだ》らな声を上げても、無垢《むく》で清《きよ》らかな聖女のように見えた。

「あっ」

白い背中に唇をあて、深く自身を埋め込むと、雛子が可愛い声を上げた。

小さなからだを後ろから抱え込み、片手を柔らかな胸に、もう片方をつながった部分に這《は》わせる。

雛子の中からあふれ続けている熱い蜜《みつ》を指に絡め、膨らんだ突起に押しあてると、彼女のからだがびくんと跳ね、内側がきつく自身を締めつけた。

更なる快感が走る。一層の高みを求め、彼女を抱きしめたまま何度も突き上げた。

部屋の中は明るく、窓の外には十二月の青空が見える。日曜日の昼下りに、自宅に彼女を連れ込み、こうして抱き合うことを何度くり返しただろう。

正真正銘の箱入り娘である恋人は、婚約して数ヶ月が過ぎても、外泊することを許されてはいない。

愛し合う恋人同士がする行為の時間は限られていて、その一片《いっぺん》をこうして過ごしていた。

いい歳をして、まるでさかりのついた若者のように彼女を求めている。自分でも呆れるが、雛子を前にすると男性ホルモンの一種であるテストステロンが大放出して、その衝動を抑えきれない。常に冷静沈着に過ごした軍での十数年が嘘のようだ。

柔らかな胸を揉みしだき、淫《みだ》らな音を立てながら何度も腰を振る。

「はああっ」

その度に雛子の長い髪が揺れ、ぎゅっと目をつむった雛子の顔が見えた。手を添えて顔をこちらに向けさせ、後ろから唇を奪う。

彼女のすべてを奪いたい。何もかもに触れていたい。誰も触れたことのない、雛子の秘密の場所に深く入り込みたい。

どうしようもない独占欲が、自分の動きをさらに強めてしまう。だが、まだ経験の浅い雛子を容赦なく攻め立てている自分に気づき、できうる限りの自制心で動きを弱めた。

彼女の中から一度引き抜き、そのからだを仰向けにした。

顔を近づけ、何度もくり返したキスのせいで膨れた唇にキスをする。ノーメイクに近い彼女の唇は、まるで紅をさしたかのように赤く、そして甘い。

舌を突き入れ、歯列をなぞり、差し出された舌を味わう。それは甘美で、また奪いたい衝動にかられた。

白く華奢《きゃしゃ》な脚を開き、ぐっしょりと濡れた中心に顔を近づけた。

「あっ、いやっ」

雛子の声を聞きながら、舌でなめ、キスをする。ゴムの臭いと雛子の臭いが混じり、興奮が脳天を直撃した。

濡れた突起を口に含み、舌で転がして強く吸う。それを何度もくり返すたび、雛子のからだがガクガクと震えた。

「ああっ」

雛子の手が自分の頭を押さえる。やめさせようとしているが、その手にはほとんど力がない。

「もっと飲ませてくれ」

構わずに愛撫を続け、柔らかな肉の割れ目に舌を差し入れた。

さらに奥まで入れ、その甘さを味わう。雛子の内側が痙攣《けいれん》しながら舌を締めつけ、そしてまたどっと蜜《みつ》があふれてきた。

湧き水のようなそれを飲み干して顔を上げると、ぐったりして目を閉じている雛子の顔が見えた。からだを起こし、まだ固さを失っていない自身を濡れた割れ目に押しあてる。

「雛子、もう一度だ」

雛子の小さなそこに、自分のものが徐々に沈み込んでいく様子を見ると、何だか倒錯的な気分になった。

ゆっくりと奥まで進み、柔らかな肉にぎゅっと締めつけられると、震えるような快感が背すじを走る。

「んん」

雛子がまた声を上げた。キスでその声を奪い、彼女の一番奥を突く。動きに合わせ、小さなからだがしなるように動く。腕を回して彼女を抱きしめると、彼女の細い腕が背中に回った。

腰を動かすと、また淫《みだ》らな水音が部屋中に響き渡る。徐々に自分の抑制が効かなくなっていた。

また激しく雛子を突き上げ、濡れた肉に自身を何度も擦《こす》りつけた。

「ううっんんっ」

キスで塞いだ唇から、くぐもった声がもれる。片手をまたつながった部分に伸ばし、濡れた突起を探り、リズミカルに指で押す。

「ううううっ」

身をよじる雛子のからだを腰で押さえつけ、指の動きを速めた。すぐに彼女の内側が小刻みに痙攣し、絶頂を迎えたことがわかった。

唇を離すと、雛子が荒い息をつく。目をぎゅっとつむり、眉間にしわをよせている。そうしていても、雛子は人形のように美しい。

「ああ雛子。なんてキレイなんだ」

どうしようもない所有欲と大量のテストステロンがわいてきた。彼女は自分だけのものだ。

雛子を強く抱きしめ、突き上げるスピードを上げた。

「ああっ」

雛子のからだがガクガクと揺れる。黒髪が波打つのを見ながら、ひたすら自分の高みを求める。

彼女との行為は、これまでの経験を一掃した。彼女のからだは寸分違わず自分にフィットしていて、まるで自分のために作られた女神のようだ。

強烈な快感が背すじを走る。柔らかな肉の感触を感じながら、彼女の一番奥に突き入れ、そして激しく爆《は》ぜた。

ドッと噴き出した汗が、自分と雛子のからだを濡らす。つながったまま、ぐったりとした雛子のからだを抱きしめ、その余韻《よいん》を堪能した。お互い心臓の鼓動は、まるで早馬のようだ。

雛子が深く呼吸をしている。そのまぶたに口付け、ささやいた。

「とても素敵だった」

雛子の目がうっすらと開き、そして頬を染めた。

腕に力を入れてからだを離し、彼女の中から自身を引き抜く。手早く処理をして、また目を閉じてしまった雛子のからだを引き寄せる。

汗ばんでしっとりとした肌は、自分の全身に吸い付くようだ。足を絡め、からだ全体で雛子を抱きしめた。

シーツは汗と体液で濡れて、すっかり冷たくなっている。取り替えて、シャワーを浴びなければと思ったけれど、今の雛子にその体力は残っていなさそうだった。

激しく攻め立てたのは申し訳ないと思うものの、男としては満足感でいっぱいだった。

自分は幸運だ。異国の地で運命の女性に出会えたのだから。

眠りに落ちた雛子の顔を見ながら、過去の自分に思いをはせた。

2

今から約二年前、新年を迎える前に長年勤めてきた軍を辞めた。徴兵制度で入隊して、そのまま職業軍人になって十年目のことだ。

スイス人の父と日本人の母との間に生まれ、ずっとスイスで暮らしてきた。多少の人種差別はあったけれど、やり手の投資家である父のおかげもあって、基本的には不自由なく育ってきた。

両親からは、自分の意思で自由に生きること、その責任は自分自身が持つことを常に言われていたので、職業軍人になったことも、驚いてはいたけれど表立っての反対はなかった。

軍に残ったのは、自分の居場所を確定するためでもあった。真の意味でスイス人にも日本人にもなれない、中途半端な自分の位置がずっともどかしかったのだ。

軍では、作戦を重ねるごとに階級が上がっていった。

一生軍人でいるつもりだった。あの事故が起きるまでは。

それはいつも行っていた訓練の最中《さなか》、新人の訓練生を連れて冬山に登ったときに起きた。数メートル滑落《かつらく》した訓練生を救出しようとしたとき、運悪くその訓練生の鋭いアイゼンが自分の左手を引き裂いたのだ。

傷は深く、神経にまで達していた。一生動かないかもしれないと、最初に治療した医師は言った。

軍という組織で、負傷した者に残された未来は、そう多くない。前線ではなく、後方支援で残る道もあると説得されたけれど、最前線で生きることが自分のすべてだったのだ。情けないことに、自分のアイデンティティが崩壊した気がした。

そして、思っていたより弱かった自分は、異動を命じられる前に、自ら軍を去ることを決めたのだ。

先のことなど何も考えないまま、自宅に戻った自分を家族は温かく迎えてくれた。

そして、家族が探し出したリハビリテーションに特化した病院に通い、左手は少しの麻痺《まひ》を残してほぼ回復した。

その頃には、季節はもう夏を終えようとしていた。次に何をしたらいいのか、わからないまま過ごしていたある日のこと。

夕食を終えてくつろいでいると、日本から母に電話がかかってきた。

「ルカ、ちょっといい?」

長い電話を終えた母が、改まった口調で言った。母は家では日本語しか話さない。

「芳野の伯父さまがね、会社をあなたに継いでもらいたいと言っているの」

芳野は母の姓で、伯父とは母の兄のことだ。

日本で警備会社を経営している伯父が、健康問題を理由に引退することを決めた。伯父には妻子がいない。母の祖父が創業した会社だから、できれば芳野の血を引く者に継いでもらいたいそうだ。

『芳野総合警備保障』は、日本で最大手の警備会社だ。といっても、実際のところあまり詳しく知っているわけではない。伯父の打診を受けてから、ひたすら、インターネットで情報を収集した。調べたところによると、その会社は国内に多数の支店を持ち、従業員の総数は一万を超えるという。

正直、伯父の会社がここまで巨大だとは思わなかった。——自分にできるのか。

だが、いつの間にか、結論は出ていた。できなければ学べばいい。後ろ向きになることさえなければ、人は確実に上達する。そう思うと、目の前が明るくなった。

永住することに躊躇《ちゅうちょ》はない。いつかは母の故郷に住んでみたいと思っていた。その日出づる国で、自分はもう一度自分の居場所を取り戻すのだ。

決意を両親に伝えると、母はすぐに伯父に連絡を入れた。そこから来日までの約半年は、様々な準備や手続きであっという間に過ぎた。

そして三月。両親と弟に見送られ、故郷に別れを告げた。

「ルカ、あなただけの大和撫子《やまとなでしこ》に出会えるといいわね」

母が別れ際に言った言葉を、飛行機の中で思い出して苦笑する。

自分ももう三十二歳になる。年齢的にはそろそろ落ち着く頃だろう。

軍にいる間は、恋人らしい恋人なんてできなかった。軍人としての職務を果たすことで精一杯で、誰かと心を通わせる気持ちにはなれなかったのだ。

そしてこれからしばらくは、会社を引き継ぐことで精一杯だろう。でもその後は……

日本の空港に降り立った自分を迎えに来てくれたのは、乃木秋生《のぎしゅうせい》という男だった。芳野総合警備保障の特殊警備室の室長兼、CEO付き秘書だ。

後を継ぐと決めた翌日、早速連絡をくれた伯父が、必ずお前の力になると言った男。伯父に伴ってスイスまで幾度《いくど》となくやってきた彼は、自分に会社のことをあれこれと教えてくれた。

秋生は自分と同い年だ。細身で背が高く、一見穏やかそうな好青年に見えるけれど、その奥底には獰猛《どうもう》さが見え隠れしていた。初めて会ったときから、自分と同類だと思っている。

「ようこそ、日本へ」

近寄ってきた秋生が、人懐っこそうな笑みを浮かべ、手を差し出した。その手を握り、頷く。

「大きな荷物は昨日届いたので、マンションに運んであります。今日はこの後、会長に会いに行きましょう。会社には明日から出社してください。覚悟はしてるでしょうけど、お偉方は手強いですよ」

秋生がおもしろそうに言うのを聞きながら駐車場に向かう。

自分のCEO就任は、伯父の一言で決まった。若い社員はともかく、役員に名を連《つら》ねている年配の人間はおもしろくないだろう。会社経営の経験もなく、若造でさらにハーフときている。芳野の血を引いているとはいえ、彼らの反発が大きいことはもちろん知っているし、当然のことだと思う。

「まあ、何とかなるだろう」

秋生の車に乗り込んで答えると、彼がククッと笑った。

二時間ほどで、車は伯父の自宅に着く。閑静な住宅街にあるその家は母の実家で、子どもの頃に何度か来たことがあった。

「おお、ルカ。よく来たな」

伯父が満面の笑みを浮かべて出てきた。

本当に、こんな血色のいい顔をして、よく健康問題を理由に退職ができたものだ。半ば呆れながら、秋生と家に入る。秋生の話によると、伯父の本当の退職理由は最初に聞いたものとは違っていた。伯父にはヨーロッパに長年の恋人がいて、その彼女が病《やまい》を患《わずら》ったのを機に、彼女の国で暮らす決意をしたそうだ。

リビングで、ソファに座った自分と秋生の前に珈琲《コーヒー》カップを置き、伯父が目の前に腰かけた。

「まあ色々文句は出るだろうが、最初だけだ。お前には経営者の才能がある。それがわかれば、連中もいつまでもうるさく言わないさ」

この伯父のいい加減な言葉は、現実のものになった。

がむしゃらに働き、ときには現場に出て、見せつけるように力を発揮した。もちろん、自分一人ですべてができるわけではない。秋生が集めてくれた三人の男たちが、自分専属の秘書として働いてくれたことは本当に大きかった。そしてゴールデンウイークが明けた頃には、社内で自分を悪く言う者はいなくなっていた。

それだけの努力はした。毎日深夜まで働き、マンションには寝に帰るだけ。たまに秋生らが食事に連れ出してくれたりもしたけれど、ほとんどを会社の執務室で過ごした。

大和撫子《やまとなでしこ》と出会うのは、まだまだ先になりそうだ。

3

季節は梅雨《つゆ》に入ろうとしていた。からだにまとわりつくような湿気に眉をひそめる。一番苦手な季節だ。

翌週に行われる企業のレセプションの警備の下見をしに、都内のホテルに来ていた。

事務仕事ばかりではからだが鈍《にぶ》ると、今月から主に特殊警備室の現場に出ている。程よい緊張感が心地よく、脳が隅々まで冴え渡り、事務仕事もはかどっていた。

会場を一通り回り、ホテルの担当者との打ち合わせを終えて、秋生とロビーに戻る。

「結婚式が終わったようですね。おや……」

何かに気づいた秋生が言葉を切り、彼が見ている方向に目を向けると、大広間から招待客が出て来ている。

そして、その中に彼女がいた。

最初に目に入ったのは、鮮やかな赤い着物だ。次に、まるで人形のような愛らしい顔が飛び込んできた。離れた場所にいても、その際立った美しさがわかる。まるでスポットライトに照らされたように、彼女だけが輝いて見えた。

人形のようなその女性は、友人らしき少し派手めな美人と別れると、ロビーにあるソファに座った。背すじをピンと伸ばして一点を見つめている。その姿を斜め後ろから見ていた。結い上げた黒髪も美しく、一瞬たりとも目が離せなかった。

そのとき、一人の酔っ払いが彼女に近づいた。見えなくとも、彼女が怯えているのがわかる。その瞬間、アドレナリンが大量にあふれ出すのを感じた。自分の中の戦闘本能が動き出す。

「ルカ?」

秋生の声が遠くで聞こえた気がしたけれど、構わず動く。ゆっくりと近寄り、不届き者の手が彼女に触れる前に捕まえた。

驚いている彼女の視線を感じた。目を向けたいのをかろうじて堪《こら》え、先に不届き者を睨《にら》みつける。そして、わざとゆっくりと顔を近づけた。

「気分よく帰りたければ、このまま失せろ」

そうささやくと、不届き者は情けない姿を晒《さら》し、よろよろと走ってホテルから出て行った。

彼女を見ると、安心した表情で男を見送っていた。そのまま立ち去ろうとしたとき、可愛い声に呼び止められた。

抗えず振り返ると、立ち上がった彼女がまっすぐに自分を見上げていた。

彼女は小さかった。背は自分の胸ほどしかない。大きな瞳と小さな口。間近で見た美しい顔は透き通るようで、人形かと思えた。

目が離せないままどれくらいの時間が経っただろう。それはほんのわずかな間のはずなのに、永遠と思えるほど長く、強烈だった。

「雛子！」

呼ばれた声に彼女の視線が外れた。入り口から一人の男が急いでやってくるのが見えた。またどす黒い感情がわいてくる。

「兄様」

可愛い声がまた聞こえた。そうか、兄か。単純にも黒い感情は消えて、安堵の気持ちが広がる。改めて見ると、その男は彼女によく似ていた。

後ろ髪を引かれる思いで、素早くその場を後にした。柱の陰に隠れ、彼女が振り向きながら出ていく様子を見ていた。自分を探しているのだ。そう思うと、今まで感じたことのない独占欲を覚えた。そうか、あの黒い感情は独占欲だ。

「ほほう、ルカの好みはあんな感じですか」

そばに来た秋生が、自分と同じように柱の陰からホテルの入り口を見ていた。その声を無視して、彼女が見えなくなるまで見送る。

そのとき、ソファの横に何かが落ちているのが見えた。ゆっくりと近づき、それを拾う。布でできた小さな花と、金色の飾りがついた棒のようなもの。さっきの彼女がつけていたものだ。

「かんざしですね」

隣から覗き込んできた秋生が言った。

「かんざし？」

「髪飾りですよ。彼女の落とし物でしょう。高価なものに見えるから、届けてあげればどうです？」

「そうだな」

言いながら、そのかんざしをスーツの内側の胸ポケットに入れた。

その日から、ついつい時間が空くと机の中にあるかんざしを眺め、あのときのことを思い出していた。まるでシンデレラのガラスの靴を拾った王子のような気持ちだ。

……いや、あの王子は率先して探しまくったが。

「もういい加減調べたらいいじゃないですか」

時間があると顔を出す秋生が呆れ顔で言った。ちなみに、ずっと自分と一緒にいる専属秘書の一人、塩見《しおみ》は、ずっとそんな顔をしている。塩見創一《そういち》は伯父が若かった頃から勤めていて、社内のすべてに精通している男だ。

「忙しいんだ」

言い訳がましく聞こえるだろうけど、忙しいのは本当だ。ただ、彼女が誰なのか調べないのも、それゆえにまだそれを返せないのも、それだけが理由じゃない。

もう一度会えば、次のチャンスがあるかもしれない。でも、返してしまえばそこでつながりが切れてしまう。

大人の男の発想とは思えないが、長年女性に関して真剣に考えたことがなかったせいか、どう動くべきかまったくわからないのだ。

「三日ください」

同じ部屋で仕事をしていた三人目の秘書、市川《いちかわ》が突然言った。市川雄二《ゆうじ》は調査のプロで、その風貌はまるで傭兵《ようへい》のようだ。思わず彼の顔を見る。

「馬に蹴られるかもしれないよ」

秋生が市川に言う。

「蹴られないだろ。協力してるんだから」

そう言いながら、市川が手を上げて部屋から出て行く。

「なぜここで馬が出てくるのだ？」

その場に残り、なぜかニヤニヤ笑っている秋生に問うと、

「辞書を引いてくださいよ」

と笑いながら、彼も出て行った。

少々腹立たしく思いながら、かんざしをそっとしまっていると、塩見が笑いを堪《こら》えているのが目に入った。

三日後、自分の前に、市川が一枚の写真を置いた。

そこに写っていたのは、隠し撮りされた彼女。あのときとは違い洋服姿で、真っ黒な長い髪が背中を覆っている。本物の日本人形のようだ。

「麻生雛子さん。都内の呉服屋のお嬢さんです」

市川から、さらに彼女の名前と簡単なプロフィールが書かれたメモを渡される。それをなぜか秘書たち全員が覗き込む。四人目の秘書でＩＴ知識と投資能力に長《た》けている柳原康治《やなぎはらこうじ》は、興味津々の表情だ。

どうしてみんなが揃うんだと内心呆れながら、写真を手に取った。

「実を言うと、少しズルをしました」

写真から顔を上げて市川を見ると、彼は苦笑いを浮かべている。

「乃木が、彼女と直前まで一緒にいたのが京極グループのお嬢さんだったと言うので」

京極グループは日本の大企業のひとつで、わが社の最大手の顧客と言っていい。様々な警備はもちろん、かなり特殊な要望にも応えていた。

「京極のお嬢さんには、時々本人には極秘で警備がつきます。彼女の友人関係はある程度押さえてあります」

秋生がフォローするように言った。

なるほど。どうやら市川はすぐに彼女の名前を割り出していたらしい。

「楽をしたな？」

睨《にら》むように市川を見る。

「その写真を撮るのは苦労しましたよ。あまり出歩かないお嬢さんなので。ちなみに、特定の男性はいないようですよ」

市川がそう言うと、秋生と柳原が声を上げた。

「こんなに可愛いのに。ルカは運がいいですね」

「麻生呉服店は江戸時代から続く老舗《しにせ》ですって。すごいなぁ」

口々にそう言うのを聞いていると、徐々に腹立たしくなってきた。

「そろそろ仕事に戻りましょう」

殺気を察した塩見がそう言い、それぞれが逃げるように部屋から出て行った。

まったく余計なことを。そう思いながら写真を改めて見る。そこにあるのは信じられないほど可憐な姿だ。

いつかの母の言葉を思い出した。

『あなただけの大和撫子《やまとなでしこ》に出会えるといいわね』

本物の大和撫子に出会えたようですよ、お母さん。

指先で彼女の顔をなで、さっき市川が言った特定の男はいないという言葉に、驚くほどの安堵を覚えていた。


彼女、麻生雛子と再会できたのは、それからすぐのことだった。そしてそのきっかけは、秋生からの情報だ。

秋生の部下が京極綾女の見合いの護衛につき、そしてその席に、彼女の親友が同行するという。その親友が例の麻生雛子だと聞けば、動かないわけにはいかない。

迎えた当日、社内のことは塩見に頼み、雛子見たさでついて来た市川と柳原と共に、秋生の車で京極綾女を尾行した。

駅で彼女を見つけたときは、久しぶりに見るその姿に感動すら覚えた。

自分の中のずっと眠っていた本能が疼《うず》く。どうしようもない独占欲。あふれそうになる感情。冷静になれと自らに命じ、車に乗り込む彼女を見守った。

目的の公園に着くと、秋生が部下をそれぞれの場所へ配置した。自分はもちろん雛子の担当だ。まるでWデートのような光景を苦々しく見ていると、彼女と連れの男が席を立った。

「後を追う」

ニヤニヤ笑う秋生らに告げ、連れ立って歩く二人を追った。

日曜日の公園は大勢の人でにぎわっていた。その中をじりじりとした思いで後をつける。前を歩く二人は何やら楽しそうに話をしているように見えた。

屋台で怪しげな色の飲み物を買い、テーブルに座った。すぐそばの木に隠れ、二人の様子を窺《うかが》う。

今、雛子の隣にいるのがなぜ自分ではないのか。もどかしい思いに捉われる。こんな思いをするくらいなら、すぐにでも彼女を見つけ出すべきだったのだ。

そのとき、男が不穏な動きを見せた。とたんにアドレナリンが噴き出し、自分が戦闘モードに入ったのを感じた。

雛子が嫌がっている。顔は見えなくても、それはわかる。

男が雛子に手を伸ばした。同時に自分の足も動く。反対側の建物の陰にいた柳原と、ほぼ同時に木の陰から飛び出そうとしたとき、彼女が男の手を払い、持っていた怪しげな飲み物を男の脚にぶちまけた。男のズボンがみるみる気持ち悪い色に染まっていく。

男が叫び、雛子も慌てて立ち上がった。そして、男としてあるまじき言葉を吐いたのを聞き、考えるよりも先に動いていた。

彼女の前に立ち視界を封じる。驚きから怯えの表情へ変わった男を見据え、近づいて男の顎《あご》を手で掴んだ。くぐもった声と同時に、男の顔が歪《ゆが》む。残酷な喜びに自分のからだが震えそうだ。

青ざめた男の顔を見ながら、さらに顔を近づけた。

「弁償の必要などない、だろう？　二度と彼女に近づくな」

低い声でささやくと、男が頷いた。そして、顎から手を離すと脱兎《だっと》のごとく駆け出した。インカムで合図を送り、柳原が後を追うのを確認する。

ホッと息をついて振り返ると、雛子が目を大きく見開いて自分を見つめていた。初めて会ったときと同じ顔だ。

人形のように愛らしく、一時たりとも目が離せない。わき出してくる独占欲が止められず、目の前の雛子が可愛らしい声で一生懸命話しているのに、ほとんど頭に入ってこなかった。

彼女が首を傾げて自分を見つめている。何かを待っている顔だ。今、何と言った？　ああ、確か名前だ。自分の名前を聞かれたはず。

「ルカ」

「……ルカ、様？」

答えると彼女がくり返した。

雛子の口から出た言葉が、特別なもののように聞こえる。

「あのっ、ルカ様。何かお礼をさせてください」

自分を見上げ彼女が言った。大きな目をキラキラと輝かせ、神々しいものでも見るような目で自分を見ていた。徐々に誇らしい気持ちがわいてくる。

ああ、ダメだ。そう思うのに、彼女に近づくことを止められない。すぐ目の前にある唇は、小さくて柔らかそうで、目が離せない。

礼が必要なら、これでいい。心の中の声が、気づけば口から出ていた。

大きな目がさらに大きくなるのを見つめながら、柔らかな唇に自分のそれを押しあてた。触れるだけのキスなのに、まるで電流が流れるような感覚に陥《おちい》る。

このままでは、この場で彼女を奪ってしまいそうだった。そんな自分自身に恐れをなし、唖然《あぜん》としている彼女を残して足早にその場を離れた。

インカムから秋生の笑い声が聞こえる。

〝役得ですね！〟

「うるさい」

建物の陰に隠れて窺《うかが》うと、京極綾女がカフェから走って来るのが見えた。

不届き者は柳原がすでに確保している。カフェにいたもう一人の男にも市川が近寄るのが見えた。

立ち去る彼女らに渋々別の部下をつける。今の状況で自分がついて行くわけにはいかない。

カフェに戻ると、秋生が京極に電話をかけているところだった。テーブルには男が二人、醜《みにく》い言い争いをしている。

「お前のせいで台無しじゃないか！」

一人の男が、先ほどの不届き者を怒鳴りつけていた。言われた男は不貞腐《ふてくさ》れている。

「今から京極の関係者が来るそうです」

電話を終えた秋生が言った。

「ではこのまま待機。対象は？」

「今、近くのレストランに入りました」

柳原が答えた。頷いて、椅子のひとつに座る。

不貞腐れていた不届き者が、自分を見て顔色を一気に青くした。それが余計に忌々《いまいま》しく思える。

まったく、雛子にあんな口を利くなんて、最低な男だ。だがしかし、そのことがあったからこそ、彼女とキスができたのだが……

ああ、彼女はどう思っただろう。ほとんど見ず知らずの男にキスをされたら。しかもここは日本だ。キスやハグが日常ではない。嫌がられていたらどうしよう。そう考えたら、血の気が引きそうになった。

「ルカ、睨《にら》み過ぎ」

秋生の声に我に返ると、不届き者の顔色が青を通り越して土気色《つちけいろ》になっていた。どうやら奴を見ながら考え事にふけっていたようだ。

そんな怖い顔をしていたつもりはないが、ついつい感情が顔に出ていたか。

そのとき、外に車が停まる音が聞こえた。しばらくすると、カフェにスーツ姿の男が三人入ってきた。そのうちの一人は、京極の会長秘書だ。

「ご面倒をおかけします」

立ち上がって迎え、自分が先に言った。

「雛子様にお怪我は？　お嬢様方は今はどちらに？」

「お怪我はありませんが、心無い言葉をかけられたので、ショックを受けているかもしれません。今はお二人でレストランに入られました」

店名を言うと、秘書が苦い顔で頷いた。

「早急にご両親にお詫《わ》びをせねば。その者たちはこちらで処理します」

秘書の冷たい視線を受け、若者たちが震えあがるが、可哀想だとは露《つゆ》ほども思わない。自分の行動のつけは自分で支払うものだ。

京極の秘書が不届き者を連れて去り、自分たちも部下と合流するため、彼女らが食事をしているレストランに向かった。そこには、さっきのことがなかったかのように、楽しく食事をしている二人の姿があった。

「元気そうですね」

秋生の言葉に頷き、笑顔を見せる雛子を見て、ホッと息をついた。

それと同時に、さっきのことに関して、雛子が何とも思っていなかったらと考えたら、それはそれで微妙な気分になった。自分のことを覚えていてほしい。今度はいつ会えるかわからない。もう会えないかもしれない。だから、どんな記憶でもいいから、頭の片隅に残っていてほしい。こんな女々《めめ》しい感情が自分にあるとは思わなかった。

秋生に気づかれないようにため息をつき、それぞれが自宅に戻るのを見届けて、今日の任務は終了した。

4

忙しい日々を過ごしながら、頭の片隅には常に雛子がいた。

名前も家もわかっている。会いに行くのは簡単だ。それでもまだ会いに行かないのは、己の自信のなさかもしれない。

雛子に会って、拒絶されるのが怖かった。ならばこのまま、美しい思い出だけで二度と会わない方がいいのかもしれない、そう思うようにすらなった。

だが、神様はなかなか粋《いき》な計らいをしてくれる。その後の展開は、まさに運命としか言いようがなかった。

それはたくさんの書類の中に埋もれていた、秋に開かれる呉服展示会の警備資料だった。湾岸沿いの巨大な商業施設で、かなり高価な宝石も展示されるため、わが社から大勢の警備員を配置する。出展企業一覧の中に雛子の実家の屋号を見つけたとき、自分の運命が決まった気がした。

それからの行動は早かった。その警備に自分が入れるよう、塩見らに頼んで手を回したのだ。

そして迎えた当日の早朝、一般の出展者が来場する前に行われる、高額商品の搬入と展示を見守る。当然ながら彼女の店の場所もチェック済みで、そこが一番よく見える場所に自分を配置した。

会場に入ってきた雛子を見つけたときは、すべてを投げ出して走り寄りたい衝動に駆られた。ほぼ一月《ひとつき》ぶりに見る彼女は、初めて会ったときと同じような赤い着物姿で、目が眩むほど美しかった。そこから数時間は、警備に目を光らせつつも、頑張って接客をする雛子の姿を見守った。

そして、一人で移動を始めた彼女の後を追う。楽しげに店を回る様子は微笑ましかったが、警備装置のついた扉を開けようとしたときはさすがに焦った。間一髪で阻止できたが、それが思わぬ三度目の出会いになった。

「……まあ、ルカ様！」

自分の想像が馬鹿馬鹿しくなるくらい、雛子は再会を喜んでくれた。嬉しそうに顔を輝かせたのを見たときは、あまりの可愛らしさに気が遠くなったくらいだ。

その後、思いがけず会場を案内することになった。つい手をつないでしまったのも言い訳はできない。

一生懸命話す彼女は自分の独占欲をどんどん膨れさせ、抱きしめたい衝動に何度も駆られるのを必死で堪《こら》えた。お陰でまた彼女の話を聞き逃すはめになったけれど。

何とか会話をしつつ、雛子の目的の場所についた。その後ちょっとした騒動があり、彼女がとても落ち込んでしまったことは残念だった。

非はないのに明らかに凹《へこ》んでいる彼女が可哀想で、つい終日そばにいてしまった。彼女の隣から指示を出していたのは、経営者として少しばかり問題だろうか。

結局その日は慌《あわただ》しく別れてしまい、彼女と存分に話すこともできなかった。お互い仕事で来ているから当然といえば当然だ。展示会は後二日あったけれど、次の日もまた次の日も、彼女は姿を現さなかった。

驚くほどがっかりしている自分に気づく。だがそんな自分を見て、秋生たちはニヤニヤと笑っている。彼らを苦々しい思いで睨《にら》み返した。

だが、なんと言ってもこれは運命なのだ。神様は自分を決して見捨てはしない。

雛子が会社まで訪ねてきたと聞いたときは、全員を前に小躍りしそうになったほどだ。急いで向かうと、ロビーで待っていた雛子が明らかに嬉しそうな顔で迎えてくれた。

彼女を前にすると相変わらず話が耳に入ってこない。キラキラ輝くような顔から目が離せなかった。急に箱を渡されて一瞬戸惑ってしまったが、どうやら土産《みやげ》のようだ。

曖昧《あいまい》な言葉を残して帰ろうとする彼女を引き止め、約束を確定するためにカフェに誘った。偶然はそう何度もあることではない。神様が味方してくれたのはここまでだと感じたからだ。

これまで幾度《いくど》となく彼女の危ないところを見てきた。この先も、その役目は自分のものだと漠然と感じていた。

カフェに移動して改めて謝罪を受けたが、ミスはこちらにもあったので、非を詫《わ》びる。改めて考えると、自分は彼女に対してほとんど情報を明かしていなかったことを思い出した。

彼女と違って、雛子は自分のことを何も知らないのだ。それでも彼女は明らかな好意を示してくれている。その事実に気づいて衝撃を受けた。

「大変申し上げにくいのですが、わたしとお友達になっていただけないでしょうかっ」

意を決したように雛子が勢い込んで言った。彼女の話す言葉は時々少し難しくて、理解するのに時間がかかる。

この出会いは運命で、なので友達になろうと言ったようだ。恥ずかしながら一瞬告白かと期待してしまったので、友達と言われて戸惑ってしまった。

いや、よく考えろ。彼女は奥ゆかしい日本人の中の、さらに奥ゆかしい深窓の令嬢だ。一般の感覚とは違うこともあるだろう。ここはまず、彼女の言う通り友達になり、その後でゆっくりと親交を深めるのがいいかもしれない。

だが、さすがに様付けはしっくり来ない。

「ただのルカでいい。トモダチなら」

「まあ。お友達になっていただけるのですね⁉」

彼女が顔を輝かせた。まるで花が咲いたかのようにその場が明るくなる。この笑顔を見せられて、否定の言葉が出てくる男がいるわけがない。

持っていた名刺の裏に個人的な携帯電話の番号とメールアドレスを書き、彼女に渡した。そして初めて自己紹介というものをした。これで、自分と彼女の持つ情報はほぼ同じだ。

まるでまぶしいものを見るような目で、自分を見ている彼女にまたキスをしてしまったのも仕方のないこと。このまま押し倒してしまいたい衝動を抑え、店を後にした。

会社に戻り、受付に預けていた菓子箱を持って社長室に入ると、秘書全員が顔を揃え、ニヤニヤしながら待っていた。

「どうでした？」

「友達になった」

そう言うと塩見を除く三人が腹を抱えて笑った。ちなみに塩見は後ろを向いて肩を震わせて笑っている。どちらにせよ、腹立たしい。

「さすがは生粋《きっすい》のお嬢様ですね」

「相手もなかなか手ごわいなあ。健闘を祈りますよ」

口々に言い、笑いながら出て行く連中を見ながら、今後のことを考えた。もちろん友達のまま終わるつもりはない。

作戦を考えなくてはならないが、頭脳戦は得意中の得意だ。うずたかく積まれた仕事の書類をチェックしつつも、頭の片隅で次の手を考える。

小一時間ほど経った頃、私用のスマートフォンが鳴った。雛子からだ。メールを開くと、お礼の言葉と彼女自身の電話番号とアドレスが記載されている。

〝またお会いできれば嬉しいです〟

最後の一文に目を止めた。

また、とはいつだろう。もう曖昧《あいまい》なままではすまさないと決めた。そして、行動するなら早い方がいい。彼女の店の定休日と自分の予定を照らし合わせると、今週の日曜日が一番早かった。

彼女にメールを送ると、しばらくして了承の返事が来た。遅くならないように書いてあったが、それは当然のこと。初めてのデートに夜を選ぶはずもない。彼女は大和撫子《やまとなでしこ》なのだから。

初めてのデートは、やはり完璧でなければならない。とは言え、自分はまだ日本に不慣れだ。来日して半年が経つけれど、会社と仕事絡みの場所しかまだ行ったことがない。

こういうときは、素直に聞くのが一番だ。同じ部屋の中で黙々と仕事をしている塩見に目を向けた。

「今度の日曜日にデートに使えそうな店と場所を教えてくれ」

そう言うと、塩見の手がぴたりと止まった。それからゆっくりと顔を上げ、さらにゆっくりと首をこちら側に向けた。ギギギッと音がしないのが不思議なくらいだ。

「今、なんと？」

ふちのないメガネのレンズが、一瞬キラッと光ったような錯覚を受けたが、構わずにもう一度言う。

「今度の日曜日に、デートに使えそうな店と場所を教えてくれ」

「…………ディナーですか？　ランチですか？」

長い沈黙の後で、塩見が言った。

「ランチだ」

「一時間ください。それから、仕事が溜まっていますので、そろそろ百面相はやめてください」

塩見が冷ややかな声で言い、また仕事に戻った。

百面相とはなんだったか。机の上に置いてある辞書を引く。

百面相とは、〝顔の表情を色々変えて見せること。小道具を使用して顔つきを変えてみせる寄席《よせ》芸《げい》〟と書いてあった。

「芸なんてしてないぞ」

つぶやくように言ったのに、塩見には聞こえたようだ。

「もっと勉強しましょうね」

顔も上げずに言われた。ムカつくが、頼みごとをしている手前、グッと我慢して仕事に没頭した。

「予約を入れときましたよ。詳細はパソコンのメールに送りました」

塩見に声を掛けられて顔を上げた。どうやら黙々と続けている間に一時間が過ぎたようだ。

パソコンのメールを開くと、そこには予約した店の名前と住所、それからホームページのアドレスがいくつか書いてあった。アドレスはその店のサイトの他、その店から近いデートスポットの情報だ。

どれがいいだろうかと見ていたら、大きな観覧車が目に入った。公園の中にあり、都心や東京湾が一望できるらしい。

塩見に呆れた目で見られながら、早速プリントアウトする。

これで準備は万端だ。今までは偶然を装い出会うという日々を過ごしていたけれど、これからは堂々と彼女と過ごすことができるのだ。そう思うと、頭の中もすっきりとしてきた。約束までおよそ一週間、何事もなく当日を迎えるため、いっそう仕事に励むことにした。

そして迎えた日曜日。張り切って駅まで雛子を迎えに行った。自分を見つけて微笑む様は、まるで天から光が差したかのように見える。

雛子を車に乗せ、目的の店へ向かった。前もって調べてはあったけれど、会席《かいせき》料理というものらしい。細々とした繊細な料理は日本食らしく、食べるのが難しい料理もあったけれど、雛子が丁寧に説明してくれたので、苦労はしなかった。

雛子は良家の子女らしく、食べ方もその動きも優雅だった。本物の大和撫子《やまとなでしこ》だと褒《ほ》め称えると、照れくさそうにはにかむ。その様子もとても愛らしい。

会話も弾み、楽しく食事をした後、観覧車のある公園に向かった。サイトで見た印象より大きく見える観覧車に、雛子が感嘆の声を上げる。

ゴンドラに乗り込む前に記念撮影の場所があった。雛子は躊躇《ちゅうちょ》したけれど、これで会えないときでも雛子の顔が見られると、嬉々として撮影に挑んだ。

長い時間を待ってようやくゴンドラに乗ると、さらに彼女の顔が輝く。徐々に見えてくる雄大な景色。それを見て無邪気にはしゃぐ雛子を見ていたら、来てよかったと思えた。

そこから見た景色はとても素晴らしかった。自然豊かなスイスとは違い近代的な建物が多くて、自分が日本で暮らしているのだと再確認した。

苦労は多々あるが、この国で暮らしていこうと改めて思った。そのためには、やはりパートナーが欲しい。そして、その相手は雛子しか考えられなかった。

恋人になって欲しいと言うのは性急だろうか。まずはこのまま友人関係をもっと深めるべきか。

これからも案内して欲しいと言うと、雛子がまた笑顔になった。そこには紛れもない喜びが満ちあふれていて、キスをせずにはいられなかった。

ゴンドラから降りて出口に向かう途中に、先ほどの写真が展示されていた。自分の隣で、雛子が愛らしい笑みを浮かべた写真だ。

二人がデートをした初めての証《あかし》だ。寝室に飾ろうと決めて、二枚購入し、一枚を彼女に渡した。

さりげなく翌週も会う約束を取り付けると、雛子は律儀にも観光プランを考えてくれた。今度は自宅へ迎えに行ったので、ご両親と兄上にも改めてあいさつをする。一度面識があるとは言え、こっちはどこの誰かもわからない外国人だ。最初は戸惑っておられたが、今の身分を明らかにしたことで、とりあえずは受け入れてもらえたようだ。

以降、観光と銘打って、幾度《いくど》となく雛子を誘い出した。真面目な雛子はガイドブック片手にいろんな場所に連れて行ってくれた。

回数を重ねるにつれ、ご両親は徐々に受け入れてくれたが、彼女の兄は始終厳しい顔をしていた。雛子からは過保護な兄だと聞いている。確かに、こんなに愛らしく、そして群を抜いて危なっかしい妹がいれば、嫌でもそうなるのかもしれない。

「ルカ、気づいてますか？」

会社の近くのレストランでみんなと夕食を食べているとき、市川が言った。それが今、外の物陰からこちらを窺《うかが》っている人物のことなら、随分前からわかっている。

「ただの身辺調査だ。放っておいてかまわない」

そう言うと、市川が頷いた。

三日前から尾行されていた。恐らく私立探偵だろう。本当に尾行だけで、盗聴されたりはしていない。時期と状況から考えると、雛子の両親か兄の依頼だろう。自分がもし彼女の親兄弟なら、間違いなくそうする。

「お姫様と付き合うのは大変ですね」

秋生がからかうように言った。

「その価値はあるさ」

窓の外をちらりと見て、ワインを一口飲んだ。

雛子の兄が会社に訪ねてきたのは、それから数日後のことだった。

「どういうつもりで妹を連れまわしているんだ？」

社長室に入って来るなり、彼、麻生一矢が言った。塩見に飲み物を頼み、興味津々の表情で見ていた他の三人を追い払い、来客用のソファに座るよう促《うなが》す。

「トモダチと出かけてはいけないのか？」

わざとらしく言うと、一矢の片眉が上がった。

「冗談だ」

そう言って、自分もソファに座った。塩見が持ってきた珈琲《コーヒー》を一口飲み、目の前で難しい顔をしながら同じように珈琲を飲む男を見た。

一矢は雛子によく似ている。老舗《しにせ》呉服屋の若旦那らしく、所作も優雅だ。

「俺が言うのもなんだが、雛子は今時珍しいくらいの世間知らずだ。そうなるように育ててきたのは、両親と俺だがな」

カップを置いて、一矢が言った。

「雛子は疑うことを知らない。生まれたてのヒヨコよろしく、親鳥の後に何も考えずについていく」

一矢はジッと自分を見つめる。

「それが？」

促《うなが》すと、一矢が身を乗り出した。

「つまり、雛子は恋愛がどういうものか知らない。あなたがどんな行動に出ても、雛子にはそれが一般的な恋愛としてあり得るものかどうかわからないんだ」

「俺が、彼女を騙しているとでも？」

「見方を変えれば」

心外だ。沸々とした怒りがわいてくる。

「彼女に対して、不誠実な行為をしたことはない。どういうつもりで出かけているのか、言わないとわからないとでも？」

冷静さを失わないように、声を落として言った。

「あなたは雛子より大人だ。それを忘れないでもらおう」

一矢が立ち上がり、ドアに向かった。柄にもなく悔しくなり、一言言わずにはいられなかった。

「身辺調査の結果は良好かな？」

一矢がドアの前でピタリと立ち止まった。

気づかれていないなど、思っているはずはない。

「今のところは」

こちらを見ずにそう答え、帰る一矢を見送る。

その後ろ姿を見ても、自分が思っていたほどすっきりとはしなかった。

「そろそろお姫様を紹介してくださいよ」

秋生らが言ってきたのは、それからまた数日後のことだった。彼らには散々世話になってきたので、無下には断れない。本人たちもそれがよくわかっているようだ。

秋生が気を使って特殊警備室の女性も呼ぶと言ったが、まさに狼《おおかみ》の群れの中に子羊を放り込むようなものだ。同じ女性とは言え、彼女らは肉食女子。普段から男性と同等に働いている彼女らは、同じだけのアドレナリンを放出している。雛子が怖がるじゃないかと反論したけれど、秋生に鼻で笑われた。

結局、秋生に押し切られる形で雛子を食事に誘った。出がけに彼女の家で一矢にぶつぶつ言われたけれど、聞こえなかったフリをする。そんなことで追い払えると思っているなら大間違いだ。

道中の車の中で、軍にいたことを話した。怖がられるかと思ってこれまで言わなかったけれど、尊敬のまなざしで見られたことにホッとした。

食事会には、秋生と市川と柳原、それから宣言通り、特殊警備室の女性が三人来ていた。塩見は子どもが熱を出したといって、今日は早めに帰った。あれでなかなか家族思いな男だ。

秋生たちとの食事会は、概《おおむ》ねうまくいったと思う。さすがの肉食女子らも、正真正銘の大和撫子《やまとなでしこ》の前ではおとなしくしていた。

彼女らに促《うなが》され、雛子が学生生活を語った。それはかなり楽しいものだったようで、雛子の表情が生き生きとしていた。

かごの中の小鳥のような今の生活と違い、その頃の彼女は自由だったのだろう。それが、学園という限られた世界の中でも。

雛子はか弱い女性ではない。秘めた意志の強さを感じた。これまでとは違う彼女の一面を垣間見ることが出来て、嬉しく思っている自分がいた。

5

忙しい仕事の合間に雛子とデートをする。自分の日本での生活はかなり充実したものとなっている。雛子との関係も、本当なら後もう二、三歩踏み込みたいところだが、純粋な彼女の性格を考えると急ぐわけにもいかない。急《せ》いて引かれてしまっては元も子もない。自分の方が大人なのだから、ここは我慢して、彼女のペースに合わせなければ。

とは言え、あいさつ程度のキスだけではだんだん我慢できなくなってきた。手をつないでみたり、スキンシップを増やしたところで、余計に悶々《もんもん》とする日々だ。

毎晩ベッドサイドに置いた観覧車での記念写真を眺め、溜まった邪《よこしま》な思いは、ジムでひたすらトレーニングすることで発散した。おかげで現役時代と同じだけの体力を維持している。

そんなある日、また突然一矢がやってきた。

「この男を調べてくれ」

苦虫を噛み潰したような顔をして、机の上に一枚の名刺を置く。手にとって見ると、常盤隼人という男の名前が書かれていた。

「誰だ？」

「雛子の見合い相手だ。両親はかなり乗り気で結婚させる気満々だが、どうも胡散臭《うさんくさ》い男なんだ」

一矢はさらりと言ったけれど、それは正しく爆弾発言だ。

「結婚!?」

思わず立ち上がった自分を手で制し、一矢がソファに座る。

「まだ決まったわけじゃない。当然だが、雛子は拒否をしている」

心の底から安堵し、名刺を再度見つめた。不動産会社の跡取りのようだ。

「今週の土曜日に家に来ることになった。そこで結婚を前提とした交際を申し込んでくるだろう。それまでになんとかなるか？」

今日は火曜日、土曜までまだ五日ある。

「余裕だ」

答えると、一矢が頷いて立ち上がった。

「報酬は？」

「いらない」

「そう言うと思った」

一矢が笑った。はじめて見る笑顔だ。笑うとますます雛子に似ている。

「頼んだ」

そう言って、今度は一矢の名刺を残して出て行った。

もらった名刺を見ると、そこには一矢の個人的な連絡先が手書きで書かれていた。両親にはあくまで秘密ということらしい。

部屋の入り口でこちらを窺《うかが》っていた秋生を仕方なく手招きすると、興味津々の表情で入ってきた。

「姫君の兄上が来ていたらしいですね」

見ていたくせに、と思いつつ、秋生に名刺を見せた。

「身辺調査の依頼だ」

名刺を受け取った秋生が首を傾げる。

「どなたでしょう？」

「雛子の見合い相手だ」

秋生の目が一瞬見開いた。

「兄上がこれを？」

「兄の目から見て、胡散臭《うさんくさ》いらしい」

ふーんと頷いて、名刺をじっと見つめた。

「市川が今ちょうど空いています。すぐに取り掛かりましょう」

名刺は借りますよと言って、秋生が出て行った。

閉まった扉を見つめながら、嫌な胸騒ぎを感じていた。彼女の両親が自分のことをそれほどよく思っていないことは薄々わかってはいたが、こんな行動に出られるとは思っていなかった。

もっと早く彼女との関係をはっきりさせるべきだったのだ。自業自得としか言いようのない後悔に、自分で自分を殴りたくなる。

自分で動きたいのはやまやまだが、会社のトップとして様々な仕事を抱えている今、ここを留守にするわけにもいかない。じりじりした思いを抱えながら、仕事に戻った。

最初の一報が届いたのは翌日のことだった。社内会議を終えて部屋に戻ると、待ち構えていたように市川が現れた。

「お兄さんはなかなか勘が鋭いですね」

そう言って、写真と紙一枚の報告書を渡された。常盤隼人の写真とその過去だ。

未成年の頃から窃盗《せっとう》や恐喝《きょうかつ》、暴行をくり返し、逮捕されたこともあるようだ。多くは親によってもみ消されているが、一度だけ起訴されている。

今もなお、その交友関係は褒《ほ》められたものではない。親しく付き合っていた女性も数人いたようだ。

写真に写った男は、一見普通の男に見えた。だが、狡賢《ずるがしこ》そうな目は隠せない。

こんな男と雛子が結婚なんて、考えただけでも怒りで震えそうだった。

「引き続き調べてくれ」

「わかりました」

市川が出て行ったのと同時に、一矢の名刺を取り出し、手書きの連絡先に電話をかけた。

『はい』

「常盤隼人はとんでもない犯罪者だ」

いきなり切り込むと、電話の向こうで息を呑む気配がした。

『どういうことだ？』

一矢の問いに、報告書を読み上げた。

『……わかった。一緒に、篠原という人物も調べてくれ』

呉服店の上客だというその人物が、今回の話を持って来たらしい。電話を終えた後、市川にその人物の名前を告げた。

この男の経歴だけでこの話はつぶれるだろうが、念のため、彼女のご両親を説得する証拠として、書面を揃えた方がいいだろう。

雛子はどうしているのだろう。唐突に降ってわいた話に混乱しているのかもしれない。

その日の夜、土曜日の夜に会いたいと雛子にメールをした。とりあえず様子を窺《うかが》うためだ。彼女から話がない以上、自分から言うわけにはいかなかった。

常盤隼人に対する怪しい情報は毎日のように入ってきた。実家である常盤不動産には多額の負債があり、倒産も間近だと噂されている。何より、隼人自身が現在その会社に所属していないことが明らかになった。つまり、名刺は虚偽だ。

さらに、一矢から教えられた篠原の妻は、常盤不動産の株を大量に持っていて、役員に名を連《つら》ねていた。噂が本当であれば、会社は後二、三ヶ月で倒産だ。そうなれば、大量の株券も紙くず同様になる。

倒産しそうな会社と、急な結婚話。そして雛子の実家はかなりの資産家だ。浮かび上がる方程式の答えは、よろしくないものばかりだった。

一矢には毎日調査の報告をしている。結婚は絶対にさせないと言っていたが、それでも、土曜日の会合を止められないようだ。


迎えた土曜日、自宅でこれまでの調査結果をまとめる作業をしながら、ちらりと時間を確認した。今、この時間、雛子があの男と会っているのだと思うと、つい手が止まってしまう。

念のため、柳原を彼女の自宅近辺に張り込ませている。もしものときにはかまわず突入するよう指示を出していた。物理的にそれほど危険はないと思うけれど、嫌なものは嫌だ。

早くあの男を雛子から遠ざけなければならない。どの道、この話が取りやめになるまで、かなりの労力がかかるだろう。調べれば調べるほど、常盤の狡猾《こうかつ》さがあらわになる。多分、雛子の両親だけでは無理だ。

自分が関わるには、やはり決意をしなければならない。そう、雛子と自分が結婚する決意だ。

そのことについて、自分自身はまったく異存はない。むしろ、雛子をはじめて見たときから、こうなることはわかっていた。自分の心は最初から決まっていたのだ。

後は雛子と両親に話をつけるだけだ。

これまでの調査結果は、雛子との縁談を破談にするには十分だけれど、あの男を追い詰めるにはまだ足りない。もっと決定的な証拠が必要だ。

考えあぐねている間に、雛子との約束の時間になり、急いで支度をして彼女の家に向かった。

珍しく家から飛び出してきた雛子は、見るからに動揺しているようだった。近くのレストランに入って話を促《うなが》すと、常盤との出会いとこれまでのことを話してくれた。

「わたし、どうしたらいいのかわからなくて。綾女に話したらルカさんにお話しなさいと……」

今にも泣きそうな表情で雛子が言った。胸が痛くなった。悩んでいる彼女が可哀想だとも思った。だがそれと同時に、なぜ悩むのかと怒りがわいた。もしかして、本当に迷っているのか。そう思うと動揺してしまった。

「自分の人生は自分だけのものだ。何を選んでも、必ず後悔することはある。だけど他人に左右された場合、その後悔は後悔という言葉では済まない。だから、雛子は、雛子の思う通りの道を選ぶべきだ」

つい冷たい言葉が出てしまった。だが言った内容は真実だ。自分が強引に出れば、ことは簡単だ。でも彼女の人生は彼女自身が選択しなければならない。いつか誰かを恨むような生き方はして欲しくない。

建前はそうであっても、やはり雛子にとっては突き放されたように思えたのだと、急に席を立って出て行ってしまった後ろ姿を見て思った。

自分はなんて馬鹿な男なのか。素直に俺がいるから大丈夫だと言ってやればよかったものを。後悔しても遅く、何度連絡をしても、彼女は電話に出なかった。

雛子には念のため柳原を引き続き護衛につけているので、近くのバッティングセンターに立ち寄った後、家に帰ったことは確認済みだ。柳原からの情報によると、雛子のバッティングセンスはかなりいいらしい。自分には、まだまだ知らないことがあるようだ。

雛子は怒ってしまったのだろうか。このまま離れてしまったらどうしよう。自分がありえないほど女々《めめ》しくなってしまったことが衝撃だった。

悶々《もんもん》としながら過ごしていると、常盤を張り込んでいた市川が決定的な証拠を持って、秋生と共に自宅にやってきた。

持って来たのはビデオカメラの映像と音声だ。ビデオには、常盤隼人と篠原の妻が食事をしている光景が映っている。ついさっきのことだ。

ざわめきに混じって、二人の会話がはっきりと聞こえた。

『うまくやりなさいよ。あんたにかかってるんだから』

『大丈夫さ。両親はとぼけてるし、あの娘も世間知らずだから、ちょっと優しくしてやれば簡単だ。兄貴は少しやっかいだが、結婚してしまえばこっちのものさ。逆らうようなら、閉じ込めておく手段はいくらでもある。これで麻生家の財産は俺のものだ』

『紹介したのはわたしよ』

『わかってるって。どの道その金で会社を立て直すんだ。株価は持ち直すし、役員報酬も弾める』

下劣な会話はさらに続くが、もう聞いていられなかった。雛子の両親もこれを見れば目が覚めるだろう。

すぐさま一矢に連絡をし、明日の午前中に調査結果を報告することにした。

結局、雛子から連絡が来たのは次の日の早朝だった。ウトウトしていたところにメールの着信が鳴り、すぐさま確認して電話をする。メールではもどかしいからだ。

電話に出た雛子はいつも通りで、怒っておらず、泣いてもいなかった。むしろいつもより活き活きしているように感じた。

彼女は急いでいるらしく、自分が何か言う前に電話が切れてしまった。喜んでいいのか悲しんでいいのかわからない。

どちらにせよ、この後彼女の家に行くのだ。そのときにもう一度謝って話し合おう。常盤隼人との縁談は消えるのだから。

秋生を伴って彼女の家に着いたのは、十一時前。行き違いで雛子が出かけてしまったと聞いたときはがっかりした。今日は彼女に護衛をつけていないので、行き先もわからない。そんな不安を察したのか、一矢が後で居場所を検索すると言ってくれた。

日曜日の昼間に突然現れた自分を見て、雛子の両親は驚いている。非礼を詫《わ》びつつも、彼らの前に調査報告書と隠し撮りしたビデオを見せる。

勝手に調査をした一矢を両親は初めは叱ったが、報告書をめくるごとに、その表情は見る見る変わっていった。

「まあ、なんてこと」

ビデオの音声を聞いた彼女の母が声を詰まらせる。長年の顧客だった篠原の妻の言動が、ことのほかショックだったようだ。

そのとき、秋生の携帯が鳴った。席を外して電話に出た秋生が、顔色を変えて戻ってくる。

「常盤を尾行している市川から連絡が。公園で雛子さんと接触したようです」

一矢と両親とが揃って顔を上げた。

「さっき出かけてくると言っていたのはこのことか」

呆然としたまま一矢が言う。

「断りに行ったんだ」

自分がそう言うと、全員の視線が集まる。

そうだ。あの電話で雛子は言っていた。今日中に決着をつけると。彼女は決めたんだ。自分の人生を。

でも、彼女が断ったところで、あの男がすんなり了承するとは思えない。

「嫌な予感がする」

いや、嫌な予感しかしない。

頭で考える前に動いていた。一矢の引き止める声が聞こえたような気がしたけれど、早足で外に停めてある車に乗り込んだ。秋生が助手席のドアを開けて座ったと同時に車を発進させた。電話で指示を出しながら、秋生に公園までの道のりをナビゲートさせる。

「対象は今、姫君とボートに乗ったそうです」

「ボート？　どうしてそんなものに」

イライラしながらハンドルを切る。休日のためか、車が多くてなかなか進まない。公園はそんなに離れた場所にあるわけでもないのに、結局十分近くかかってしまった。

公園の中を走り池を目指していると、遠くから悲鳴が聞こえた。同時に秋生の電話が鳴る。

「対象が池に落ちました」

「雛子は？」

「まだボートの上です」

嫌な予感はさらに大きくなった。走るスピードを上げ、池の縁までたどり着く。大勢の人が池の中心を見ていた。視線を向けると、その先にボートに乗った雛子が見える。そして次の瞬間、ボートが大きく傾き雛子が池に落ちた。

「雛子！」

自分の叫び声と周囲の悲鳴が同時に聞こえる。

「応援を呼べ」

秋生にそう言い、上着を脱いで池に飛び込んだ。

池の水は冷たかったが、この程度は問題ない。十数メートル先で溺《おぼ》れかかっている雛子を見れば余計だ。

ものの数秒で雛子のもとにたどり着き、水中に沈みそうだった彼女を引き上げた。雛子を抱えたまま岸まで戻る。常盤はまだ池の中にいたが、溺れているわけではなさそうだし、市川が乗った救助のボートが向かっているのが見えたので放っておいた。

岸に着くと、秋生や大勢の人が手を伸ばしてきた。雛子のからだを押し上げ、自分も秋生の手を借りて上がる。

どこから調達したのか、タオルを渡された。それで震えている雛子のからだを包む。今頃襲ってきた恐怖心に、自分のからだも震えた。

ずぶ濡れの雛子を抱きしめ、彼女が怪我もなく生きていることを確認した。安堵と同時に、後悔の念がわき上がる。あのとき、あんな言葉を言わなければ、彼女はこんな目にはあわなかった。悪いのは常盤だとわかってはいるけれど、決着をつけるなら別の方法もあったはずだ。自分さえ動いていれば。そう思わずにはいられない。

「ル、ルカさん」

雛子が言った。

顔を上げ、彼女を見る。がちがちと歯を鳴らして震えていた。

一生懸命に彼女が話す言葉。最初は何を言っているのかわからなかったけれど、確かに自分を好きだと言った。運命なのだとも。

こんな状況下で、こんな自分に、愛を告白してくれた。自分を選んでくれたのだ。これまでグダグダと足踏みをしていた自分が情けなかった。

最後に彼女が何を言おうとしているのかわかったとき、自然と雛子にキスをしていた。いつもより冷たい唇に。

そして、自分は決意した。すべてを彼女に捧《ささ》げることを。

その後の記憶はほとんどない。雛子は寒さに震えていて、顔も真っ青だった。このままでは病気になってしまうと、後始末を秋生に任せ、柳原の運転する車で自宅のマンションに向かう。

風呂場でからだを温め、汚れたからだを洗う。一心不乱に髪を洗っている裸の雛子に目が釘付けになってしまったのは仕方ないだろう。

自分の血液がぐつぐつと煮えるように熱くなっている気がした。これまで、雛子を見るたびにわき上がってきたのはアドレナリンだと思っていたが、テストステロンであることにそのときに気がついた。

最初から、雛子は自分のものだと本能が告げていたのだ。大放出するテストステロンを止める理由がない今、自分の頭の中は彼女を奪うことしかなかった。

一生懸命洗っている様子を窺《うかが》いながら、気を抜けば彼女に飛びかかりそうになるからだを懸命に抑える。だが、彼女がようやくキレイになったと満足げな顔をしたのを見たとき、まさに自分は崩壊した。

餓《う》えた獣《けもの》のように雛子を抱きしめ、一緒にベッドに行ってくれと懇願した。委《ゆだ》ねてくれた雛子のからだを抱えてベッドルームに直行し、その後はもう……

すべてが終わった頃には、大量の汗で自分と雛子のからだを濡らしていた。

小さな彼女のからだになんてことを、と思っても、過ぎてしまったことは仕方がない。幸い雛子は怒ったそぶりも見せず、これまでのことを洗いざらい話した後も快《こころよ》く許してくれた。となれば、その後自分がすべきことはひとつだ。

彼女の家に、一緒に向かった。難関だった雛子の両親からは、常盤の一件もあってかあっさりと許しをもらえた。雛子の両親は、娘が外国に連れて行かれるかもしれない、ということを不安に思っていたらしい。自分がスイスには戻らず、帰化する予定であることを話すと安心してくれた。

もちろん、不届き者の常盤にはそれなりの報いがあった。雛子にしたことは実害がないので罪に問えなかったが、引き続き常盤を探っていた市川が別件の恐喝《きょうかつ》事件を知り、それを警察にリークしたのだ。常盤を紹介した篠原という女も今回とは別の収賄《しゅうわい》の罪で逮捕され、夫から離婚を言い渡されたらしい。

不祥事まみれの常盤不動産に手を差し伸べる者はおらず、会社はあっけなく倒産した。これまで息子にきちんと反省させなかったつけを、彼の両親は払うことになったのだ。

無事に雛子と婚約した今、麻生家を守ることは自分にとっても重要事項である。当然、麻生家の家の周りにも警備をし、常盤と篠原の妻にはしばらく監視をつけることにしてある。逆恨みされる恐れがあったからだ。

ただ、逮捕される直前二人には相当強く警告をしたので、強硬手段に出ることはないと思っている。

日本に来てまだ一年も経っていないのに、本当にいろんなことがあった。けれど、雛子という将来の伴侶を得たことは大きい。

こうして自分の居場所を確立し、自分だけの大和撫子《やまとなでしこ》を手に入れたのだ。

6

腕の中にいる雛子がわずかに身じろぎした。長いまつげに縁どられた大きな目は今は伏せられていて、微《かす》かな寝息が聞こえる。

汗が引いたからだはひんやりとしていて、このままでは風邪を引きそうな気がした。そっとベッドから抜け出し、床に脱ぎ捨ててあった下着だけをつけ、風呂の準備をした。

十二月に入り、夕方に近づくにつれさらに気温が下がる。部屋の暖房の温度を少し上げてから、寝室に戻り、ベッドにもぐり込んでさっきと同じ体勢で寝ている雛子のからだに腕を回す。と、彼女が自然とこちらに顔を向け、寄り添ってきた。

治まっていたテストステロンの放出がまた始まりそうになるのをグッと堪《こら》える。もう一度奪いたい衝動に駆られたけれど、時間はそんなに残されてない。

だが、今目の前にある柔らかなからだに触れずにはいられない。

眠ったままの雛子の裸の胸に自分の左の手のひらを押しあてた。手の麻痺《まひ》はまだ少し残っているけれど、日常にはまったく支障はない。その柔らかさも十分に堪能できる。

雛子の胸は柔らかくつぶれ、手の中にすっぽりと収まる。ゆっくりと手のひらを回すと、その先端が徐々に固くなってきた。指先で愛撫すると、さらにぴんと立ち上がる。

顔を寄せ、それを口に含んで、そっと吸った。

「んっ」

雛子の甘えるような呟きが聞こえる。ゆっくりとした動きで、舌と歯を使う。雛子の胸の鼓動が少し速くなったように感じる。

そっと脚の間に手を入れると、熱く濡れているのがわかった。新たにあふれてきた蜜《みつ》を指に絡め、胸と同時に、一番刺激の強い突起を押した。

「はぁ」

可愛いため息を聞きながら、リズムを刻んでいく。親指で突起を愛撫し、中指を柔らかな割れ目に差し入れた。中はたっぷりと濡れている。ゆっくりとした動きで指を動かすと、どんどん愛液がわき出してきた。

そして数秒後、熱い蜜で濡れた指を、柔らかな肉が痙攣《けいれん》しながら締めつけた。

雛子はまだ眠っている。眠ったまま絶頂を迎えたその表情は、震えるほど淫《みだ》らで清《きよ》らかに見えた。

自分自身も相当固くなっていた。だが、今始めてしまえば数時間は終わりそうにない。名残惜しく思いながら、指をそっと引き抜き、雛子のからだを軽くゆすった。

「雛子、風呂に入ろう」

声を掛けると、雛子がゆっくりと目を開けた。ぼんやりとしたまま視線を彷徨《さまよ》わせ、次の瞬間ガバッと起き上がった。

「ごめんなさいっ。わたし眠ってしまって」

「ほんの三十分ほどだ」

焦る彼女の背中をなで、華奢《きゃしゃ》なからだを抱き上げた。そのままバスルームまで運び、熱いシャワーでからだを流してから、二人で重なるようにバスタブに浸《つ》かった。彼女のからだには、情事のあとが点々と残っている。彼女の肌は白く、うっ血《けつ》しやすいようだ。限りなくきわどい場所にある自分の印を見ると、この上もなく満足した。

雛子の長い髪は、今はヘアゴムで頭の上にまとめてあった。目の前の露《あら》わになった白いうなじに口付けると、彼女のからだがビクンと震える。きつく吸い上げ、自分の印を刻み付けた。

細い腰に腕を回し、強く抱きしめる。雛子の口からまたため息のような声が漏れた。

いかん、このままではまた奪ってしまう。

雛子の耳元に顔を寄せ、

「続きはまた今度」

と自分に言い聞かせるようにささやいた。

その後は過剰にならない程度に彼女のからだに触れながら、残りの時間を楽しんだ。

マンションを出る頃にはすっかり暗くなっていた。ドライブがてら、海の近くのレストランで食事をし、雛子の家に着いたのは夜の九時近くだった。

「ギリギリだな」

玄関まで出てきた一矢が渋い顔で言った。

いけ好かない男だと思っていた一矢とは、時々飲みに行く友達になった。偶然にも同い年で、職種は違えど経営者同士だ。話してみると、気さくでいいヤツだった。

「余裕だろ？」

雛子が階段を上がるのを見送りながら答えると、一矢が苦笑いを浮かべて肩をすくめた。

自宅マンションに戻ると、微《かす》かに雛子の残り香がした。ほとんど寝るだけだった部屋は、今は雛子と愛を交わす場所に変わった。

こんなふうに休日だけではなく、毎日雛子に触れていたい。早く一緒に暮らしたいが、良家の子女で本物の箱入り娘である雛子の辞書に、同棲なんて言葉は存在しない。

それならば早く結婚したいところだが、結婚式の予定は春だった。十分な支度がしたいと彼女の母親が言えば、断ることはできない。その辺りは秋生らも同じ考えで、会社としても時間が欲しいとのことだった。

少なくともあと数ヶ月この状態が続くのだ。そう考えるとため息が出る。

冷蔵庫からビールを出し、窓の外の夜景を眺めながら一口飲んだそのとき、スマートフォンが鳴った。画面を見ると、弟からだった。

「もしもし」

『クリスマスは帰って来ないって？』

開口一番、ノアが言った。

ノア・オージェ・芳野。自分より三つ年下で、スイスで会社員をしている。

「こっちも忙しいんだ」

ビールを手にソファに座る。クリスマス休暇は毎年家族で過ごしていた。だから寂しくはあるが、仕事もあるし、今日本を離れることはできない。そのことは少し前に、雛子と婚約した旨と一緒に母に話していた。

『仕事が、じゃないだろ？　兄さんがまさか一年も経たずに大和撫子《やまとなでしこ》と婚約するなんて、夢にも思わなかったよ』

ノアのおもしろがる声が聞こえる。

「自分でもそう思ってるさ」

雛子との出会いはまさに奇跡のようなものだ。

『これで、兄さんは本当にこっちにはもう戻らないんだって、改めて実感したよ』

「ノア」

二度と会えないわけじゃない。けれど、気楽に会いに行けるほどの距離でもない。これから先、家族に会える回数はそれほど多くはないだろう。けれどそれは、日本行きを決めたときに散々考えたことだ。

「ノア、父さんと母さんを頼んだぞ」

『わかってる。次はスカイプで連絡するよ。彼女の顔も見たいしね』

「話しておこう」

電話が切れ、静寂がまた戻ってきた。ホームシックになったわけではないが、家族との電話を終えると、少し寂しい気持ちになる。

だから雛子が恋しい。柔らかな恋人の温もりが欲しかった。

ビールを飲み干し、仕事用のノートパソコンを立ち上げる。塩見から送られた明日の予定を開き、スケジュールがぎっしりとつまっているのを見て安心した。こういうときはひたすら仕事をするに限る。

ますます日本人らしくなってきた自分に苦笑しつつ、パソコンを閉じた。


クリスマスが近づくと、各地で大々的なイベントが多発する。必然的に警備の仕事は増え、わが社はある種、書き入れ時だ。その分、チェックする書類は膨大になり、自分が現場に出ることも多くなる。

会社が忙しいのは悪いことではない、と言い聞かせ、せっせと事務仕事に精を出していたある日の夕方。私物のスマートフォンがメールの受信を告げた。専用の音にしているので、それが雛子からであることはすぐにわかった。

手を止めてメールを確認する。

〝お仕事中にごめんなさい。今夜お時間はありますか？　よかったら、綾女と三人でご飯を食べませんか？〟

綾女というのは京極グループの娘だ。雛子とは幼稚園からの親友と聞いていたが、正式に会ったことはまだなかった。

当然、雛子からの誘いを断る理由はない。早速了承の返事を送り、七時に迎えに行く旨を伝えた。

「デートですか？」

ふいに掛けられた声に顔を上げると、秋生がニヤニヤしながら開けっ放しの入り口に立っていた。

「どんなことにも顔色ひとつ変えないのに、姫君が絡むとたんに一般人以下になりますね」

以下とはどういうことかと思ったけれど、心当たりがありすぎて反論はできない。が、これで話は早い。

「今日は早めに上がる」

「はいはい」

秋生が肩をすくめたのを見つつ、また仕事に戻った。

約束の時間に雛子の自宅へ行くと、すでに京極綾女が来ていた。

「はじめまして、雛子の王子様」

微笑んだ綾女と握手をした。隠れて護衛をしたことはあったけれど、正面から間近で見るのは初めてだった。京極綾女は華やかな美人で、同い年の雛子よりも大人びて見える。

「ではまいりましょう」

雛子が言い、三人で食事に出かけた。綾女の指定で近くの商業施設に車で行き、中に入っているレストランに行った。

食事をしている間も、雛子と彼女は始終楽しそうにおしゃべりをしている。時々自分の存在を忘れているようだったが、それも微笑ましく思えた。

「雛子は小さい頃から、王子様と結婚する方法を真面目に考えるようなおバカな子でしたけれど、本当に王子様と結婚することになるとは思いませんでしたわ。長年思い続ければ叶うものね」

デザートを食べながら、綾女が言った。

さっきも言っていたが、王子様とは自分のことか。照れくさくはあるが、雛子が自分のことをそんなふうに思ってくれているのは嬉しい。

「おバカな子って何よ」

「あら、褒《ほ》め言葉よ」

ふくれた雛子に、綾女が笑う。自分の前では見せない表情だ。

「ルカさんの前で酷《ひど》いわ」

雛子はそう言うと、ちょっと失礼しますと言ってレストルームに向かった。雛子の姿が見えなくなったと同時に、さっきまで笑顔だった京極綾女の表情が、すっと改まった。

「雛子はわたしのただ一人の親友です。雛子をもし傷つけるようなことがあれば、不本意ですが、京極の力を使ってでもあなたを征《せい》します」

さっきまでとは違う、権力者の目をして綾女が言った。

なるほど。今日のこの会合は、これが目的だったのか。彼女は、雛子と結婚するために越えなければならない壁のひとつだ。

「長い付き合いのあるあなたから見れば、突然現れた自分は怪しい存在でしょう。だが、雛子との出会いは自分にとっても奇跡。彼女を絶対に幸せにすると、あなたにも誓いましょう」

綾女の目を見てはっきりと答えると、綾女は自分をしばらく見つめた後、表情を緩ませた。

「では、安心して今度はわたしの幸せを目指しますわ」

綾女が華やかな笑みを浮かべたのと同時に、雛子が戻ってくるのが見えた。


三人で食事をしてから数日後の日曜日。

いつものように雛子とデートで、クリスマスカラーで装飾されたショッピングモールに行った。スイスの家族に贈るクリスマスプレゼント選びを、雛子に付き合ってもらうためだ。

あちこちの店を回り、一通り買い物を済ませる。そして、ランチをとりにレストラン街に向かう。何を食べようかと店を見ながら歩いていると、思い出したように雛子が顔を上げていった。

「そう言えばわたし、お料理教室に通うことにしたんです」

「料理教室？」

「はい。恥ずかしながら、お料理が不得意で。ずっと母に作ってもらっていましたが、これからは自分でやらねばなりません。それに綾女も一緒に行ってくれるというので」

「そんなに無理しなくても」

「いいえ！　ルカさんの妻になるのですから。……やはりやらねばなりません」

恥ずかしそうな顔をして雛子が言った。自分のためにそこまでしてくれるのかと思うと、感動を覚えた。

「そうか、なら頑張ってくれ」

「はい！　上達したら、スイスのお料理も覚えますから。待っていてくださいね」

雛子が笑顔を見せた。そして、彼女の方からつないでいた手に力を入れてくる。その手を握り返すと雛子がさらに笑顔になった。

またひとつ結婚に近づいた、そんな気がした。

7

クリスマスがさらに近づき、重なるイベントや催《もよお》しの警備仕事に社内中が慌《あわただ》しく動いていた。

夜遅くまで仕事を整理し、塩見が作ったスケジュール表を眺め、自分がやるべき業務の多さに目《め》眩《まい》がしそうだった。

一矢が訪ねてきたのは、そんなときだ。守衛の連絡から約五分後。

「まだ仕事か？」

ふらりとやってきた一矢が、そう言いながらソファに座った。

「もう終わる。どうした？」

最後の書類に目を通しながら聞くと、大きなため息をついて、吐き捨てるように言った。

「あいつらが新しいことを始めるとロクなことがない」

「誰がだ？」

「雛子と綾女さんだ」

「怪我でもしたのか？」

雛子のそそっかしさを考えると何があってもおかしくない。思わず立ち上がりかけたとき――

「ある意味、怪我をしそうなのは俺の方だ」

一矢の怒ったような声に、動きを止める。

「もとはといえば、お前のせいだ」

そして、怒りの矛先《ほこさき》を向けられた。

「どういうことだ？」

「雛子はお前のために料理教室に通うことにした」

「ああ、そのことか」

「そのことだ」

自分が椅子に座り直したのと同時に、眉間にしわを寄せたままの一矢が立ち上がった。窓際に向かい、夜の街を眺める。

「教室に通い始めてから、自宅で復習をするようになった。毎度毎度何を習ってきたのかと思うほど、消し炭《ずみ》のようなものと、水分がすべて蒸発した物体が食卓に並ぶ。それを実験台のごとく毎回食べさせられるのは俺だ」

窓ガラスに映った一矢の顔は、心底嫌そうだ。

「意気込みは結構だが、あいつらには才能の一片《いっぺん》すらない」

切り捨てるように言った。

なるほど、本来ならそれはお前の役目だ、ということか。

最後の書類に承認印を押し、書類の束の上に置いた。

「わかった。美味《うま》いものを奢《おご》ろう」

帰り支度をしながらそう言うと、一矢が当然だとばかりに頷いた。

その後、二人で一矢の行きつけの居酒屋に向かった。焼き鳥の煙が店の中にもうもうと立ち込めるような、大衆的な店だ。

「どうやら迷惑をかけたようで悪かった」

一矢に熱燗《あつかん》を注ぎ、一応、謝っておいた。運ばれてきた厚焼き玉子を一矢が旨そうに食べる。

「最初に言っておくが、教室に通ったところで雛子の腕が上がるとは思えん」

「そうか？」

「そうだ。この件に関しては妹をかばう気にはまったくならない。あいつの料理は食うな。まあ、腹を壊してもいいなら別だがな」

「……そんなに？」

少々不安になって尋ねると、一矢が真剣な顔で頷いた。

「もっと昔からやらせておけばと母親は嘆いていたが、そんな問題じゃない。あれは天性のものだ」

「なるほど」

「あいつらに料理を教える気になるなんて、その講師も大したものだよ。俺だったら、一日で放棄するね」

妹思いの一矢にしてはかなり珍しい言い方だ。よほど雛子の料理が酷《ひど》いのか。

「雛子は自分で料理教室に申し込んだのか？」

「いや、講師から直接勧誘されたようだ。大将、モツ煮込みね」

一矢がフンと鼻で笑い、料理を追加注文した。

「講師から断られそうなのか？」

「それが、講師からは毎日でも来るように言われているそうだ。まあ、雛子も綾女さんも仕事があるから無理な話だが。しかも受講料は破格の値段だ。俺が講師だったら、あんな生徒はとっとと追い出すけどな。心の広い人間もいるものだ」

カルチャースクールなんてものは多くとも週に一回程度だ。それを毎日だなんて。しかも値段も破格。もしかして……

「男か!?」

「安心しろ、女だよ」

呆れ口調で一矢が言い、酒をぐいっとあおった。

その後も散々一矢から愚痴《ぐち》を聞かされた。恋人の悪口を実の兄から聞かされるとは、微妙な気持ちだ。

一矢には悪いが、自分のために頑張ってくれているのかと思うと、完成度は別にして、実に微笑ましく思えた。もちろんそんなことを一矢に言えば、嫌味が十倍になって返ってくることはわかっている。

一矢に胃薬を差し入れすること。頭の中にメモして、自分も酒をあおった。


雛子と次に会ったのはその数日後、クリスマスイブを翌日に控えた夕方のことだった。日本の恋人同士はイブの夜にデートをするのが定番らしいから、明日も当然会うつもりだ。そのためには、何が何でも仕事の調整をしなければならなかった。

秋生らには散々嫌味を言われたが、無事に時間は確保できた。プレゼントもすでに用意してある。

明日また会えるとはいえ、時間があれば会いたいと思うのが恋人同士というもの。少し空いた時間に雛子を誘い、夕食だけを共にした。

「料理教室、頑張っているんだって？　一矢に聞いたよ」

食事をしながら雛子に言うと、嬉しそうに微笑んだ。

「お料理教室の先生は、いつもとても上手ですって褒《ほ》めてくださるんです」

「ほほぅ」

一矢の評価とは大きく違うが、講師といえども商売人ということだろうか。なんとなく違和感があるが。

「どんな先生なんだ？」

「とても素敵な方ですよ。いろんな国のお料理をご存知だそうです。今は和食とイタリアンが中心ですが、先々にはスイス料理を習っておきますね」

雛子の表情から、その講師に全面的に信頼を寄せていることがわかる。

「その教室はどこで見つけたんだ？」

「通りを歩いているときに、先生ご自身が声を掛けてくださったのです。結婚が近いならぜひ料理を覚えた方がいいって。どうしようかと思ったんですが、綾女に相談したら一緒に行ってくれると言うので」

雛子はさらりと言ったが、ひとつの言葉が引っかかった。

「結婚が近いと雛子が言ったのか？」

「いいえ、それは向こうから。……あら、どうしてわかったんでしょう。わたし、よほど嬉しそうな顔で歩いていたのかしら。最近綾女にもよく注意されるのです」

雛子が照れたように笑う。その様子は大変愛くるしいが、自分の中の疑惑も大きくなった。

「その先生の名前を聞いてもいいかな。あと、教室の場所も」

「はい。名刺をいただきましたので」

雛子が鞄《かばん》を探り、一枚の名刺を取り出した。〝料理研究家　氏家千鶴《うじいえちづる》〟。教室の場所はそう遠くない。住所から察するに一軒家のようだ。

その名前をどこかで聞いたことがある気がしたが、思い出せない。とりあえず名前と住所を記憶し、名刺を雛子に返した。

「明日はクリスマスの特別なお料理を教えてくださるんですって。とても楽しみです。ルカさんにも披露できるように、覚えられたら嬉しいんですが」

雛子がまた愛くるしく笑った。同時に、一矢の心底嫌そうな表情を思い出す。

「そうか、楽しみだ」

パッと輝くような表情を浮かべた雛子を見ながら、ほんの一瞬答えに躊躇《ちゅうちょ》してしまったことは永遠の秘密にしよう。

いつもより短めの食事を終え、雛子を自宅に送ってから会社に戻った。まだ社内にいた市川を呼び、さっき覚えた名前と住所を伝えた。

「今度は何の調査です？」

「雛子の料理教室の講師だ」

そう答えると、市川が噴き出した。

「社長がそんなに嫉妬《しっと》深いとは思わなかったなぁ」

そう言われるだろうと予想していた。だが。

「その講師は、道を歩いている雛子に、結婚が近いなら料理を覚えた方がいいと言って声を掛けた。おかしくないか？」

「――忙しい時期ですからね、特別ボーナスをつけてくださいよ」

市川はそう言い、講師の名前と住所を控えたメモを持って出ていった。

8

嫌な予感が現実のものに変わったのは、翌日の夕方前だった。

クリスマス・レセプションに朝から数ヶ所参加し、さらに会議を一件こなしてようやく会社に戻ってきたのとほぼ同時に、私用のスマートフォンに一矢から連絡が入った。

『雛子が料理教室に行ったまま、まだ戻らないんだ。今夜約束しているらしいが、雛子と一緒か？』

一矢の焦った声に、緊張が走る。

「いや、来ていない。携帯は？」

『電源が切れてる。綾女さんもまだ帰っていない』

嫌な予感がますます強くなる。

そのとき、珍しく血相を変えた市川が部屋に飛び込んできた。

「氏家千鶴は、常盤隼人の元交際相手です」

市川がそう言った瞬間、以前調べた常盤の報告書を思い出した。どこかで見た名前だと思っていたが、あの報告書にあった、常盤のたくさんの交際相手の一人だ。

電話の向こうの一矢にも聞こえたらしい。受話器ごしに彼が息を呑むのがわかった。同じく、部屋にいた塩見も立ち上がる。

「彼女は周囲に常盤と婚約していると話していました。が、常盤は姫君との見合い直前に彼女との交際を解消しています。以降、彼女はショックを受けて入院し、その後は自宅で療養。以前は料理教室を開いていましたが、今は閉鎖中です」

「今すぐ教室に向かう」

『俺も行く。現地で落ち合おう』

一矢からの電話が切れた。

後のことは塩見と柳原に任せ、秋生と市川を伴って、料理教室に向かう。

閑静な住宅街の中にその家はあった。そこで氏家千鶴とその母親が暮らしているという。

すでに来ていた一矢が門の前でイライラしながら立っている。

「何度鳴らしても誰も出ない」

車から降りた自分に、一矢が言った。

インターホンを鳴らしてみると、確かに誰も出ない。

「裏に回ってみます」

秋生と市川が壁の向こうに回ったのを見て、もう一度インターホンを押した。やはり応答がない。

門に手をかけ、家を眺める。窓はすべてカーテンが閉められていて、中の様子は窺《うかが》えない。玄関回りに、防犯カメラも警報装置もない。

ならばと、地面を蹴って門を飛び越えた。

「おいっ」

驚いた声を上げつつも、一矢が後から続いた。

玄関の扉を叩くが、やはり応答がない。

「裏に回ろう」

一矢を促《うなが》し、家の横を通って反対側に回った。そこには広い庭があり、大きな木が建物のそばに植えてあった。一階のリビングに面していると思われる大きな窓にも、やはりカーテンがかかり、中は見えない。

「勝手口も閉まってますね」

反対側から来た秋生と市川が言い、四人で庭に立ちすくむ。

そのとき、二階の窓が開く音がした。見上げると、ベランダから雛子と京極綾女が身を乗り出しているのが見えた。無事だったとホッとしたのもつかの間、何を思ったのか、二人はベランダの柵をよじ登り、裸足のまますぐ前にある大きな木に飛び移った。

「雛子！」

「綾女！」

自分と一矢が同時に声を上げる。一瞬違和感があったが、気にしてはいられない。慌てて駆け寄ると、二人がするすると木を伝って降りてきた。

「お前らは猿か!?」

一矢の怒りの声を聞きながら、すぐそこまで降りてきた雛子を抱えおろし、そのまま抱きしめた。

「雛子、無事でよかった」

「まあ、ルカさん」

驚いた声で雛子が答えたとき、目の端で、一矢が同じように京極綾女を抱きしめているのが見えた。いつの間にと思ったそのとき、バタバタと慌《あわただ》しい音が聞こえ、一階の窓から一人の女が飛び出してきた。

髪を振り乱し、血走った目をしている。とても正気とは思えない。これが氏家千鶴か。

女は自分たちを見とめると、目を見開いた。

「あんたたちは誰!?」

「雛子の婚約者だ」

「嘘よ！　その女は隼人さんの婚約者よ。わたしと結婚するはずだったのに、この女が奪ったのよ」

女は叫ぶようにそう言い、雛子に向かってきた。咄嗟《とっさ》に自分の後ろに隠したのと同時に、市川が背後から女を取り押さえた。

「この女には特別な料理を教えてやったわ。わたしと隼人さんだけが知っている料理よ。これで隼人さんはずっとわたしを思い出すわ」

氏家千鶴はうつろな目をしてそう叫んだ。

「常盤さんのことを何度言っても信じてくださらないのです」

背後から様子を窺《うかが》っていた雛子が心配そうな顔で見ている。

「警察を呼びますか？」

女を押さえたまま、市川がスマートフォンを取り出した。それを見て、雛子が前に出る。

「待ってください。彼女は悪くありません。悪いのはすべて常盤さんです。それに、結果的にお料理はちゃんと教わりましたし、わたしも綾女も怪我ひとつありませんから」

と、ここで初めて兄と綾女が抱き合っているのに気づいたらしい。雛子があらと目を丸くした。

「けれど、このままでは」

市川がそう言ったとき、

「わたしにお任せください」

まだ目を丸くしている雛子に照れくさそうに笑いかけ、京極綾女が前に進み出た。一矢も隣にいる。

「一族が経営している病院があります。大事《おおごと》になるとわたしも困りますし」

そう言って、電話をかけ始めた。

「まあ、綾女ったらいつの間に鞄《かばん》を？　わたしには荷物は置いていけって言ったのに」

この場に似合わない能天気な声で、雛子が頬を膨らませた。

「俺が取りに行ってやる」

明らかに挙動不審気味の一矢が、開いたままになっていた一階の窓から部屋の中に入っていった。

「ついでに靴も取ってきて欲しいわ」

雛子がそう言うと、秋生が追って中に入った。

そして、しばらくすると、二人が雛子の鞄《かばん》と彼女らの靴と、それから一人の年老いた女性と共に戻ってきた。

「彼女の母親だそうです。玄関横の納戸《なんど》に閉じ込められていました」

氏家千鶴の母親は、取り押さえられている娘を見て涙を流し、雛子たちに何度も謝罪した。

それからしばらくして、綾女が呼んだ車が到着した。まだ少し興奮状態の氏家千鶴と母親を乗せ、市川がそれに付き添った。このまま、病院へ向かうという。

「とりあえず自宅に戻ろう」

一矢が言い、秋生が回してきた車に全員が乗った。一矢を助手席に追いやり、後部座席に雛子を真ん中にして座る。

「どうしてこんなことになったんだ？」

改めて聞くと、雛子がおずおずと説明した。

雛子たちはいつものように、十一時に氏家千鶴の自宅を訪れ、三時間ほどレクチャーを受けたという。帰るときになりクリスマスの予定を聞かれたので、デートの話をしたところ、突然彼女が激昂した。

そこで初めて常盤のことを知り、綾女と二人で説明したけれど聞く耳をもたず、そのまま二階の一室に閉じ込められてしまった。

どうしようかと二人で相談し、二階から脱出しようと決めたところで自分たちが到着した、ということらしい。

それにしても、なぜそこで木を伝って降りるという発想になるのかがわからない。

「本当に怪我はないか？」

雛子の手を握って聞くと、いつもの愛くるしい笑顔を見せた。

「はい。大丈夫です」

大きく頷くその向こうで、京極綾女がニヤリと笑った。

「木登りは得意中の得意ですものね」

「あら。それは綾女も一緒じゃない。それより、どうして兄様と抱き合ってたの？」

雛子がズバリと切り返すと、助手席の一矢が噴き出し、綾女が面食らった顔をした。先に立ち直ったのは綾女だ。

「それはお兄様にお聞きして」

華やかな笑みを浮かべつつ、目でそれ以上聞くなと言っている。さすがの雛子もそれを察し、まだ何か言いたげな顔をしながら頷いた。

雛子の自宅前に車が到着した。すると、近くに自分の車が停まっているのが見えた。その横に柳原が立っている。全員を降ろした後で、秋生が言った。

「ルカは自分の車でこのままお帰りください」

「そうか、悪いな」

「特別ボーナスを追加してくださいね」

秋生はそう言うと、柳原を乗せて会社に戻って行った。

雛子の自宅前で二人が待っていた。楽しそうに話している様子を見ていると、さっきまでの緊迫感が嘘のようだ。

　また雛子を失いかけた。忘れかけていた恐怖心が不意によみがえり、自分でも驚くほどからだが震える。

「今日は雛子を帰したくない」

　雛子の肩を抱き、一矢にそう言った。よほど切羽詰まった顔をしていたのか、一矢が呆れた顔をしながらも了承してくれた。

「なるべく早く帰せよ」

「どうせ明日は朝から仕事だ。出勤前に送る」

　一矢が頷いたのを確認し、目を丸くしたままの雛子を自分の車に乗せた。

「ル、ルカさん？」

　少し不安そうな雛子に微笑む。

「今夜は一緒にいてくれ」

「……はい」

　雛子が笑顔で頷いた。本当に嬉しそうな声だ。

　一刻も早く彼女を抱きしめなければならない。それだけで頭の中がいっぱいになった。

9

「あの。わたし、お腹が空いてしまったんですが」

頭の中で雛子の服をむしり取りながら運転していると、申し訳なさそうに雛子が言った。はたと思い出して時計を見ると、そろそろ夕食時だ。

そう言えば、クリスマスディナーの店を予約していたはずだ。そんなこと、すっかり忘れていた。

「大丈夫、予約してある」

何が大丈夫なんだと思いつつ、雛子には悟られないように車をUターンさせて店へ向かった。

予約していた店は、住宅街の中にある小さな隠れ家風のレストランだ。車の後部座席に置いていたクリスマス・プレゼントの袋をこっそりと持ち、店に入る。

料理人には申し訳ないが、ほとんど何を食べているかわからなかった。美味《おい》しそうに食べる雛子を見つめながら、これからのことで頭がいっぱいだったのだ。まるで子どものようだと思うが、止められないのだから仕方がない。

仕方がないが、それを表に出すわけにもいかないので、余裕のある大人のフリをする。なるべく急いでるように見えないよう食事をし、ゆっくりと水を飲んだ。

食事が終わり、珈琲《コーヒー》が出てくる前にプレゼントを雛子に渡した。

「まあなんて素敵！　どうもありがとうございます」

小さな箱を開け、中に入っていた髪飾りを手に取り、雛子が嬉しそうに言う。髪飾りは着物を着るときにつけるものだ。

顔を輝かせて喜んでいた雛子だったが、その後すぐに申し訳なさそうな顔をした。

「ごめんなさい。ルカさんへのプレゼントを用意してあったんですが、家に忘れてきてしまいました」

雛子はしょんぼりしていたが、家の中に入る前に連れ出してしまったのは自分だ。

「別にいいさ。今度会うときで」

慰《なぐさ》めるように言うと、雛子が残念そうな顔した。

「千鶴先生に作り方を教えていただいたケーキなんです。だから、後日じゃダメかもしれません」

……雛子の手作りケーキ、か。

「そ、そうか、それは残念だ。ではそれは一矢にあげて、後日また別のものをくれないか？」

うまい言い方ではないか！　雛子も笑顔で頷いている。これで、雛子には悪いが、とりあえず手作り料理は回避できそうだ。

一矢に対しては申し訳ないとはあまり思わない。いつの間にか京極綾女とそういう関係になっていたことを黙っていた罰だ。

……ああ、雛子の手作りケーキを罰と言ってしまった。

軽い罪悪感を覚えつつ、店を出て自宅への道を急いだ。

渋滞にイライラしながら運転し、マンションの駐車場に車を停める。半ば雛子を抱きかかえるようにして直通のエレベーターに乗り、扉が閉まった瞬間、雛子にキスをした。

それはクリスマスイブの夜に相応《ふさわ》しいロマンティックなキスには程遠い、貪《むさぼ》るようなキスだった。口全体を覆い、舌を差し入れる。口腔をなめ、雛子の小さな舌を見つけると、絡めとるように吸い上げた。彼女の唇は甘く、何度キスを交わしても決して飽きることがない。

「んんっ」

雛子の口からくぐもった声が聞こえたと同時に、エレベーターが最上階に着いた。誰もいないことを確認して、キスをしたまま雛子を抱え上げた。

通路を歩き、ポケットから鍵を出して中に入る。玄関に雛子を下ろしたときも、鍵をかける間も、唇は離さなかった。

雛子のからだをぎゅっと抱き寄せると、彼女の腕が自分の首に回る。その瞬間、自分の中のテストステロンが大量にあふれ出した。

靴を蹴るように脱ぎ、雛子をまた抱え上げて寝室まで運んだ。

ベッドの横に立たせ、雛子が持っていた鞄《かばん》を床に落とす。

コートを脱ぎ捨て、柔らかなセーターの下から手を入れて、下着の上から胸をそっと包んだ。

「ルカ、さん」

雛子が自分にしがみつく。そのからだを片手で抱き寄せ、もう片方の手で下着を外し、柔らかな胸を直接包むと雛子がぎゅっと目を閉じた。

抱き寄せたまま、セーターとその下のシャツを脱がせ、スカートのホックを外して足元に落とし、ストッキングと下着を一緒に引き下ろした。

全裸になった雛子のからだに両手をあてる。彼女の肌は信じられないほど滑《すべ》らかだ。その肌をなでるたび、欲望がどんどん高まっていく。

裸の雛子を引き寄せ、顔を上げさせて唇を奪う。彼女の艶《つや》やかな髪をなで、背中を伝って小さな尻を両手で包んだ。

そのまま自分の高ぶりに押し付けると、雛子のからだがぴくりと動く。両手に力を入れ、雛子の尻を回すように動かすと、自分にも快感の火がついた。

雛子のからだを抱えあげ、シーツを剥《は》がしたベッドの上に横たえた。引きちぎる勢いで自分の服を手早く脱ぎ、その隣に滑り込む。

すでに息が上がっている雛子の首筋に口づけ、そのまま舌でなめるように胸まで移動した。それほど大きくはない彼女の胸は柔らかく、しっとりとしていて手に張り付くようだ。手のひらで愛撫をしながらその先端を口に含むと、雛子の口から可愛い喘ぎ声が聞こえる。

「はあっ」

舌で転がし、吸い、なめ上げる。それは何度くり返しても飽きることがない。片方を手で揉みしだき、手のひらで先端を愛撫した。徐々に固く立ち上がってくるそれは、とてもキレイなピンク色で、キスをせずにはいられない。よじる雛子のからだを押さえつけ、何度も口に入れてまるで赤ん坊のように強く吸い付いた。

胸を攻め立てていると、雛子が両足をもじもじさせる。幾度《いくど》も抱いたので、雛子のことは彼女よりよく知っている。

手を雛子の脚の間に滑らせると、思った通り、そこが熱く濡れていた。

「あんっ」

雛子の口から漏れる甘い声を聞きながら、ゆっくりと脚を開かせる。露《あら》わになったそこに指をあてると、とっぷりとした熱い蜜《みつ》が零れ落ちるようにわき出してきた。

彼女の内側からあふれてくるとろりとした蜜を指で広げ、襞《ひだ》をなぞりつつ敏感な突起を愛撫すると、雛子のからだがガクガクと揺れた。

「ああっ」

胸へのキスをやめ、キレイな肌を舌で味わいながら、さらに下へ移動した。雛子の脚を大きく開き、あどけない少女のような雛子の、女性の部分にキスをする。

芳醇《ほうじゅん》な香りを吸い、濡れたそこに自分の舌を突き入れると、また雛子のからだが揺れる。突起に吸い付き軽く歯をあてると、彼女のからだが震えた。

こんこんとあふれてくる蜜を飲み干し、さらに求めるように舌を使う。自分のからだ中の血液が一ケ所に集まるのを感じる。

割れ目に舌を差し入れ、実際のセックスをなぞるように動く。雛子の下半身を持ち上げ、彼女の顔を見ながら、何度もなめる。

ギュッと閉じていた雛子の目がうっすらと開き、黒い目がまあるく見開く様を見つめた。目が合った瞬間、雛子の頬が一気に赤くなる。

「あっ、いやっ」

逃げようとするからだを押さえ、見せつけるように舌を動かし、そして差し入れた。彼女の中からあふれ出した蜜と唾液が混じり、白い肌を伝っていく。

太腿にキスをして、自分の印をいくつも刻み付けた。

こんなに淫《みだ》らな格好なのに、どうして雛子はこんなにも可憐に見えるのか不思議でならない。

もう一度襞をなめ、突起に舌を絡ませ、吸い上げるように愛撫をすると、雛子がまたギュッと目を閉じ、背中を反らした。

「んっ、あぁぁ！」

絶頂を迎えた雛子のからだが細かく痙攣《けいれん》した。顔を離すと、唾液にまみれたそこがヒクヒクと動いている。

雛子の中から、またとろりと蜜があふれた。唇をあて、それを啜《すす》る。そして、まだ震えているそこに自分の指をつぷりと入れた。

「はっ！」

雛子が大きく息をついた。雛子のそこは熱くたっぷりと濡れていて、柔らかな肉が指を締めつける。中を探るように指を曲げると、ザラついた内側に指先が触れた。リズムをつけて挿入をくり返しそこを押すと、また雛子のからだが震える。

「ここは気持ちいい？」

ギュッと目を閉じた雛子の顔を見ながら問うけれど、返事はない。けれど、どんどんあふれてくる蜜《みつ》がその答えを物語っていた。

同じ場所に指をあて、細かく振動させせながら、同時に赤く膨れた突起に吸い付いた。

「ああーっ」

雛子が叫び、そして腰を揺らす。指が抜けないように押さえつけ、彼女の快感を引き出すことに専念した。

自分の分身は、もうずっと痛いくらいに固く、そして熱くなっている。すぐにでも彼女の中に入りたかった。熱く濡れたそこに包まれる感触を思い出すと、それだけで達してしまいそうだ。

雛子がもう一度絶頂を迎えたことを確認して、彼女のからだから一旦離れ、ベッドの横にあるテーブルから避妊具を取り出した。

直接彼女の温もりを感じたい衝動に駆られたことは何度もあったが、結婚式の前に妊娠させるわけにはいかない。

無事に結婚した暁《あかつき》には、ここにある避妊具は全部捨てるつもりだ。

情けないほど震えている指で、先走りの雫《しずく》が浮かぶ自身に装着し、またベッドに戻る。

まだ荒い呼吸をしながら、ぐったりと横たわっている雛子のからだを抱き寄せる。その額《ひたい》にキスをし、汗で顔に張り付いた髪を払った。

少し腫《は》れて赤く色づいた唇を奪い、可愛い舌を探して吸い上げる。同時に、彼女の脚の間に自分のからだを入れ、まだたっぷりと濡れているそこに自身をあてがった。

「受け入れてくれ」

雛子の目を見ながら、彼女の中にゆっくりと自分を沈めた。柔らかな肉に徐々に包まれる感覚。そこは温かく濡れていて、しっとりと張り付くようだ。

程よく締めつけられ、動くたびに濡れた音が響く。すぐにでも絶頂を迎えてしまいそうになるのを我慢して、ゆっくりと腰を突き上げる。

「ああっ」

雛子の細い腰を抱き、さらに深く突き入れると、彼女の長い黒髪が宙を舞った。

自分のからだと比べ、明らかに小さく華奢《きゃしゃ》な彼女のからだ。まるで人形のように力なく揺さぶられている様は、自分の中のテストストロンをさらに増幅させた。

また唇を奪い、力強く抱きしめながら腰を動かす。高みはすぐそこにあるけれど、達してしまうにはまだ早い。もっと彼女の中にいたい。もっと激しく奪いたい。

そう思いながら、まるで獣《けもの》のように雛子を押さえつけ、何度も自分を突きたてる。

「ああっ……っ」

腕をついて、ぎゅっと目を閉じている雛子の顔を見下ろした。頬はうっすらと赤く染まり、半開きの口からは赤い舌が見える。普段清楚な彼女からは、想像できないほど扇情的だ。

頭が痺《しび》れそうな快感を感じながら、ふとつながった部分を見ると、淫《みだ》らな光景に目が眩みそうだ。

目の前で喘ぎ声を上げ、裸で乱れているのに、雛子は少女のように可憐に見えた。

「ああ雛子」

顔を寄せ、またキスをする。あふれた唾液が口の端から伝い、彼女の頬を濡らしている。汗と体液で、すでにお互いのからだ中が濡れていた。

それでも、つながった部分からは新たな愛液があふれ続け、部屋の中の水音が増していく。雛子の女性の匂いが部屋に充満している。その香りにテストステロンが大きく反応し、自分自身がさらに固さを増した気がした。

痛いほど高まったそれが彼女の濡れた肉に愛撫されている。

「ああっ」

雛子の内側の柔らかな肉がまた痙攣《けいれん》を始めた。それは自分を包み込み、高みへ押し上げようとするけれど、動きを止めてその波が去るのを待つ。

終わるにはまだ早すぎる。

深呼吸して体勢を変えて起き上がり、ぐったりと力の抜けた雛子のからだを抱え上げて自分の膝に座らせた。その重みで、内側のさらに深い場所でつながった。

「はあ」

雛子が息を吐いて仰《の》け反《ぞ》る。露《あら》わになった胸に顔を寄せ、ピンク色をした先端を口に含んだ。舌で転がし吸い上げると、雛子が一層仰け反った。

腰を動かし、彼女の奥を突き上げながら、胸への愛撫をくり返す。雛子の尻を抱え、さらに速く動くと、頭の中がチカチカした。

徐々に迫ってくる快感の波に呑まれそうになるのを堪《こら》え、達してしまわないように動きをコントロールしながら、雛子のからだを抱きしめる。

熱く潤《うるお》った彼女の中はまるで天国のようで、すぐに終わらせることはできそうにない。何度も打ちつけ、キスをし、全身で彼女を味わう。

そのまま仰向けに倒れ、雛子を胸の上に乗せた。彼女の尻を持って上下に揺すると、さっきとは違う部分が刺激され快感の波が押し寄せてくる。

雛子のからだを支え、自分の腰に座るように起き上がらせた。

「動いて」

驚きに目を見張っている雛子の顔を見上げ、誘うように腰を動かすと、雛子が胸に手をついてぎこちなく動き出した。

「気持ちのいい場所を見つけるんだ」

「えっ」

困惑顔の雛子に笑いかけ、彼女の腰に手を置いてぐるぐると回してみる。さらに前後に動かし、雛子の表情を探った。

「あんっ」

腰を持ち上げ、敏感な部分が腹に擦《こす》れるように動かすと、雛子のからだがびくんと跳ねた。

「ほら、見つけた」

同じ動きをくり返すと、雛子の顔が段々と上気する。上を向き、長い髪を振り乱し、自分が支えなくても腰を動かしていた。

下から掬《すく》い上げるように彼女の両胸を持ち上げ、親指でその先端を愛撫する。

「あんっっ」

雛子の口から甘い声が漏れ、つながった部分からは彼女の愛液があふれ出す。淫《みだ》らな音が耳を直撃し、背すじをゾクゾクとさせる快感が近づいてくる。自分も腰を動かし、雛子の内側が甘く自分を締めつけるのを堪能した。

何度目かの絶頂に達した雛子がぐったりと倒れこんでくる。そのからだを受け止め、ギュッと抱きしめたまま、からだを反転させて体勢を変えた。

まるで人形のようにぐったりとした雛子の両脚を大きく開き、力強く突き入れる。雛子はもう声すらも上げないけれど、内側はしっかりと自分を締めつけている。

ぐっしょりと濡れたそこを何度も擦り上げ、近づいてきた波に乗った。そして、理性が吹き飛びそうなほどの快感がからだ中を駆け抜けた。

「うっ」

彼女の一番深い場所で、大量の精を吐き出した。吐精は永遠に続くかと思われるほど長く、彼女の内側が柔らかく締めつけるたびに、自身もまた反応をくり返した。

同時に大量の汗が噴き出し、彼女と自分のからだを濡らす。

雛子の上に被さるように倒れこむ。すぐに自分の重さを思い出し、なんとか腕に力を入れてからだを少しずらした。

目を閉じたまま荒い呼吸をくり返す雛子のからだを抱き寄せ、もう一度唇にキスをした。力なく、それでも応えるように雛子の舌が動く。

重なった心臓の動きはありえないほど速い。こんなに激しく愛し合ったのは初めてかもしれない。磁石のようにくっついたからだをなんとか引き離し、ゆっくりと自身を引き抜いた。彼女の中から、またどっと蜜《みつ》があふれ出す。

なんとか処理をしてから、雛子のそこを拭き、乱れたシーツを整えて隣にもぐりこむ。

腕を伸ばすと、雛子が胸の中に納まった。汗と体液の匂いが生々しさを残しているけれど、それでもやはり雛子は愛らしい。

「痛くなかった？」

背中をなでながら聞くと、腕の中で雛子が頷く。やがて、微《かす》かな寝息が聞こえてきた。雛子は微笑を浮かべたまま眠っていた。

今日はいろんなことが起こったのだ。精神的にも疲れているだろう。まあ、最後に無理をさせてしまったのは自分だけれど。

背中をなでながらその寝顔を見つめ、今こうして、雛子がここにいることに心から安堵し、そして神に感謝した。

雛子が目覚めたのはそれから一時間ほど経った頃だ。いつの間にか一緒にウトウトしていたらしく、雛子の身じろぎで自分も覚醒した。

すっかり冷たくなった肩を抱き、髪をなでる。

「平気か？」

「はい、また寝てしまいました」

申し訳なさそうな声を出す雛子を慰《なぐさ》めるように抱きしめ、背中をなでた。

「風呂で温まろう」

もう一度ぎゅっと抱きしめてからベッドを降りた。寝室のクローゼットからシャツを取り出して羽織る。

「あ、お手伝いします」

雛子がベッドの上で起き上がり、露《あら》わになった胸を慌ててシーツで隠す。

「待っていてくれ」

そうは言ったが、びしょ濡れのベッドに寝かせておくのは可哀想だ。

クローゼットからもう一枚シャツを出し、雛子に着せた。

「風呂がわくまでお茶でも飲もう。お湯をわかしてくれないか？」

それなら雛子でも失敗しないだろう。ＩＨだし。

「はい」

雛子が嬉しそうに言い、シャツのボタンを嵌《は》めた。その様子見てから一足先に寝室を出てバスルームに向かう。バスタブの中をさっと流し、自動で湯を張る。

寝室を覗くと、脱ぎ散らかした服が雛子の手によってキレイに片付けられていた。キッチンからは何やらゴトゴトと音が聞こえたけれど、怖いので見に行くのは後にしよう。今のうちにとシーツを取り替える。

汚れ物をまとめて洗濯機に入れ、キッチンに入ると、雛子がＩＨコンロの前で真剣な顔でヤカンを見つめていた。

素肌にシャツという、大変扇情的な姿のはずなのに、なぜか笑える。

「珈琲《コーヒー》でいいか？」

棚を開けながら問うと、雛子が顔を上げた。

「はい」

彼女の真剣なまなざしが笑顔に変わる。

コーヒーポットを出し、ドリッパーをセットする。フィルターをセッティングして、珈琲を淹《い》れると、その様子を興味深そうな顔で雛子が見ていた。

自分のカップと、雛子専用の可愛らしいカップにそれぞれ注ぎ、雛子はそこに牛乳を足した。それを持ってソファに移動する。

熱いカップを両手で持ち、少しずつ飲む雛子の様子を見る。数時間前に危険な目にあっていたとは思えないほど、彼女はリラックスしていた。

「氏家千鶴は、どういう講師だった？」

雛子が顔を上げた。

「とても熱心な先生だと思いました。わたしと綾女は優秀な生徒とは言えませんでしたが、とても根気よく教えてくださって。ですから、あのように変わられるとは思いませんでした」

雛子が悲しげな表情をする。

「せっかくお料理が楽しくなってきたのに、こんなことになってとても残念です」

「恨んではいない？」

「千鶴先生をですか？」

雛子が驚いた顔になる。

「いいえ。恨むならむしろ常盤さんです」

きっぱりと言い、また珈琲《コーヒー》を口にした。

雛子は人を疑うことを知らない。だから、こんなふうに思うのだろう。確かに、元凶は常盤だけれど、失恋をした女が全員、奇行に走るわけではないのだ。

だけど今、それを説明するつもりはない。ただ、こうして隣にいられることを奇跡のようだと思った。

風呂がわいたのを知らせる音声がした。カップを置いて、雛子の手を取る。微笑む雛子と共にバスルームに向かった。

湯気が立ち昇るそこに入り、熱いシャワーを浴びた。互いの髪やからだを洗い、バスタブに並んで浸《つ》かる。

「もうすぐクリスマスですね」

中にある時計を見て雛子が言った。彼女の言葉通り、後三十分ほどで日付が変わる。

「歌を歌ってくれ」

「歌？」

雛子が目を丸くし、それでも少し考えてから聖歌を歌った。

キリストの誕生を称える歌を、雛子が優しい声で歌う。その声を聞きながら、目を閉じて、今の幸せを改めて感謝した。

その後、雛子は学校で教わったというクリスマス聖歌を数曲歌ってくれた。

すっかり温まったところで風呂から上がり、雛子が髪を乾かしている間に、リビングにキャンドルを灯す。そして雛子が来るのを見計らい、冷えたシャンパンをグラスに注いだ。

「まあ素敵」

リビングに足を踏み入れた雛子が感嘆の声を上げた。

電気を消したリビングルームにキャンドルの明かりだけがぼんやりと光っている。カーテンを開けた窓の外には夜景が広がっていて、部屋と一体になったかのように見えた。

「おいで」

ソファに座って声を掛けると、すぐに雛子が隣に座った。グラスを渡し、小さな音を立てて乾杯する。

「メリークリスマス」

シャンパンを一口飲み、そして雛子に口づけた。冷たい唇が、温まったからだに心地いい。グラスを置き、雛子を抱き寄せる。

「雛子と出会えたことを、神に感謝する」

雛子の髪に顔を寄せ、そうささやいた。すると、雛子の腕が背中に回る。

「わたしも、ルカさんと出会えたことを神様に感謝します」

雛子が、聖歌を歌うときのように優しい声で答えてくれた。その声は心に沁《し》み渡り、改めて彼女の大切さを感じた。

温かなからだが、さらに熱くなる。雛子を抱きしめる腕に力を入れ、その髪に口づける。

「一緒に朝まで眠ってくれ」

まるで懇願するような声だった。今更こんなことを言うなんて、なんて女々《めめ》しいのだと思うがどうしようもない。

「はい」

すぐに聞こえた雛子の返事に安堵し、さらに強く彼女を抱きしめた。

キャンドルを消し、シーツを取り替えて清潔になったベッドに再度入ったのは、真夜中の零時《れいじ》をとうに過ぎた頃だ。

温かく、柔らかなからだを抱きしめて、二人ともあっという間に眠りに落ちた。

10

いつもの自分の部屋が、その朝は少し違うように思えた。

腕の中に柔らかくて温かな何かがある。うっすらと目を開けると、まだ薄暗い部屋と、腕の中にいる雛子が見えた。長い睫《まつげ》は伏せられていて、小さな寝息が聞こえる。

ああそうだ。恋人と初めて迎えた朝だ。ずっとこうしたかったのだ。

何とも言えない幸せな気持ちに、胸がいっぱいになる。

雛子を起こさないように、時間を確認すると、出勤の準備を始めるにはあと一時間ほどあった。

まだ時間はある。ならば、ずっと望んでいたことをしてみよう。

雛子を引き寄せ、黒く艶《つや》やかな髪をかき分けて耳元にキスをした。

「ん……」

彼女の口から小さなため息のような声がもれる。

雛子の着ているローブの紐をほどき、可愛らしい胸を露《あら》わにする。昨夜何度もキスをしたそこには、自分の印がいくつも刻まれている。

そっと手のひらで覆うと、彼女が微《かす》かに身じろぎした。

もう片方の手で雛子の顔を持ち上げ、唇にキスをする。少し開いた口の中に舌を入れ、彼女の舌を探した。

「んんっ」

くぐもった声がしたけれど、まだ目は覚めていないようだった。

キスを続け、そのまま柔らかな胸をゆっくり揉む。固く立ち上がってきた先端を指先でなで、顔を近づけ口でくわえた。

「あ、ん……」

舌でなめ、軽く吸い上げるけれど、雛子はまだ目覚めない。

もう片方の胸も口に含み、舌で愛撫する。歯をあてて先端を軽く引っ張ると、雛子のからだがびくんと震えた。

柔らかな胸を存分に楽しんだ後、雛子の脚の間に手を滑らせる。下着をつけていないそこは、熱く、しっとりとしていた。

自分の脚を彼女の脚の間に入れ、手が自由に動くようにした。

雛子のそこは、まだ自分を受け入れるには潤《うるお》いが足りない。しっとりした割れ目を手のひらでなぞり、そっと指を這《は》わせる。なでるように指を動かして愛撫を続けると、温かな蜜《みつ》がじわりとあふれてきた。

蜜を指にまとわせて、そっと中に押し込む。そこはまだ固く、一本の指もスムーズには入らない。一度引き抜き、雛子が一番感じる突起を押しつぶすように指をあてた。

「ん……はぁ」

甘い声が上がる。それを聞きながら、何度も突起を愛撫した。しばらくすると、彼女の内側からとろりとした蜜があふれてきた。

さらに愛撫を加え、別の指で襞《ひだ》をなぞりもう一度中に入れる。

今度はすんなりと入り、柔らかな肉が指を締めつけた。ゆっくりと出し入れし、さらに蜜を引き出す。そしてその指の数を増やし、そこが十分に柔らかくなるまで愛撫をくり返した。

そのとき、雛子の目がゆっくりと開き、そして自分を見て微笑んだ。まだはっきりとは目覚めていないようだ。

「ルカ、さん」

可愛い声が自分の理性を吹き飛ばす。

ローブを脱ぎすて、腕を伸ばしてベッドサイドに置いてあった避妊具を手に取り素早くつける。

体勢を変えて雛子の上に覆いかぶさると、裸の胸が重なり、心臓の鼓動が共鳴した。

まだ状況がよく呑み込めていない雛子の唇にキスをして、その耳元にささやいた。

「クリスマスプレゼントをくれないか？」

「え？」

雛子の目が丸くなった。それを見つめながら、温かく潤ったそこに自分自身を押しあてた。

「あっ」

雛子の女性の部分は小さい。何度からだを重ねても、十分な潤いがないと受け入れてはくれない。

さっきの愛撫で柔らかくなったそこを、先端で何度もつつく。時々敏感な突起に触れるように腰を押し付ける。

「あんっ」

雛子が声を上げ、同時に彼女の中から蜜が沁《し》み出してきた。

なめらかな尖端の部分だけをそこに入れると、雛子のからだがベッドの上で仰《の》け反《ぞ》った。

熱い蜜に浸される感覚に後ろ髪を引かれつつ、一度引き抜き、そして入れる。それをくり返していると、雛子の内側から泉がわくように蜜があふれてきた。

蜜《みつ》をまといながら徐々に深くまで入りこみ、すっかり柔らかな肉に包まれると、その感触に背すじがゾクゾクした。

雛子を抱きしめ、さらに奥に自分を沈める。しっかりと包まれたそこは、まるで天国のようだ。すべてを満たされる喜びに胸が震える。

しばらくその余韻《よいん》に浸り、じっと雛子の中を堪能した。

雛子の柔らかな肉は、何もしなくてもきつく自分を締めつけていて、留まろうとしていても、腰が自然と動く。

その誘惑に逆らえず、また引き抜いて勢いよく奥深くを突いた。

「あんっ」

雛子が背中を反らす。目を閉じ、眉間にしわを寄せ、シーツをぎゅっと握っていた。

突き上げるスピードはどんどん速くなり、ベッドが軋《きし》みはじめた。

「あっ、ああ」

雛子が叫ぶ。その声を呑み込むようにキスを重ねる。深く舌を差し入れ、からだと同じリズムを刻む。

首筋をなめ上げ、耳を軽く噛む。

「抱きしめてくれ」

ささやいて顔を上げ、雛子を見つめた。閉じていた目が開き、大きな目が自分を見返している。

「俺を、抱いてくれ」

もう一度言うと、雛子の腕が自分の背中に回った。そして、ぎゅっとしがみつく。密着した状態で腰を振ると、余計に快感が増した。

「ああ、雛子。なんて素敵なんだ」

また耳元でささやき、何度も腰を押し付けた。たっぷりと濡れているそこからは、愛を刻む音が絶えず聞こえた。

からだを伸ばし、角度を変えてさらに深く押し入ると、雛子のからだが大きく仰け反った。同時に抱きしめていた腕が離れる。

突き出されるように目の前に来た胸の先端を口に含むと、雛子が叫んだ。

「ル、ルカさんっ」

少しずつ白み始めた部屋の中に、雛子の白いからだが浮かび上がってきた。彼女の黒い髪がベッドの上に広がる。こんなに淫《みだ》らに乱れていても、雛子は本当に聖女のようだ。

突き上げるたびに濡れた音が大きくなる。雛子の喘ぎ声と自分の荒い息遣いを聞きながら、ひたすら高みを求める。

密着したからだの間に手を入れ、びっしょりと濡れてつながった部分を探る。あふれた蜜を突起に絡ませて指で愛撫すると、雛子のからだがガクガクと震えた。

「ああっっ」

内側から激しく突き上げ、外からはバイブレーションのように素早く指を動かし、彼女を絶頂に導く。

「ああ、ダメっ」

指で先端をぎゅっと摘むと同時に、雛子の内側の肉が自分を締めつけるように収縮を始めた。雛子のからだからすっと力が抜け、さらにあふれた蜜《みつ》が動きをよりなめらかにする。

突き上げるスピードをさらに上げて、ぎゅっと目を閉じた。

雛子を抱きしめ、自分のすべてを押し付けるように何度も何度も打ち付ける。

そしてその瞬間はあっという間に訪れた。駆け上がってきた快感はつま先から脳天まで一気に走り、雛子の奥深くで強烈な爆発を起こした。

心臓がバクバクと脈打ち、ドッと汗が噴き出した。すべてを出し切った後も、自分自身は雛子の中でまだビクビクと震えている。

しばらく抱きあったまま、その状態を堪能し、お互いの呼吸が収まるのを待った。

名残惜しく思いながら自身を引き抜き、雛子の脚の間をティッシュで拭う。処理をして、またぐったりとしてしまった雛子を抱き寄せた。

「こんな素敵なクリスマスプレゼントをもらったのは初めてだ」

赤く腫《は》れた唇にキスをする。今度はゆったりとしたキスだ。雛子の頬に、まぶたに、額《ひたい》に口付け、ぎゅっと抱きしめた。

これまで何度も雛子と抱き合ってきたが、これほど幸せな気持ちになれたのは初めてだ。

雛子はこんなに小さくて華奢《きゃしゃ》なのに、自分の心を揺さぶる力は信じられないくらい大きい。

雛子と出会ってまだ半年ほど。なのに、トラブルの数は信じられないくらい多い。自分と出会うまではいったいどうだったのかと不安にすらなる。

「どうして、いつもトラブルにあうんだろう」

口を衝《つ》いて出た言葉に、雛子が顔を上げた。それは心外だと言わんばかりの表情だったけれど、次の瞬間笑顔に変わった。

「でも、ルカさんが助けてくださるでしょう？」

一点の疑問もない声だった。雛子は完璧に俺を信頼している。そして、それは紛れもない事実だ。

一生、雛子を心配し続けることが運命なのか。

――それも悪くない。

「当然だ。それが俺の役目だ」

そう答え、また彼女を強く抱きしめた。

11

いつもの出勤時間よりも早くマンションを出て、彼女を送り届けてから出社することにした。

当然雛子のご両親にあいさつをする気でいたが、玄関先で待ち構えていた一矢に止められた。どうやら、雛子は京極綾女のところに泊まったことになっているらしい。

「うちの親は古いからな」

一矢が苦笑いを浮かべる。結婚間近とはいえ、男女が夜を一緒に過ごすことに、いい顔をしないらしい。

まあそれはそうだろう。自分としても、無事に結婚するまでは穏便にすませたい。

一矢に礼を言い、雛子の頬にキスをしてから会社に向かった。

昨日は色々あったし、何度も雛子と愛し合ったせいで疲れているはずなのに、からだには力がみなぎっていた。

意気揚々と社長室に入ると、すぐに秋生が現れた。

「おはようございます。いつになくご陽気ですね」

半ば馬鹿にされたような気もするが、ここは聞き流した。秋生の軽口にいちいち付き合ってはいられない。

「メリークリスマス！」

続いて入ってきた市川は、頭にふざけたサンタの帽子を乗せていた。

「怒る前に報告させてくださいよ」

睨《にら》んでいる自分を見て、市川が笑った。

「氏家親子は昨日無事に京極の病院に入院しました。今日にでも医師とのカウンセリングを始めるそうです。医師の所見では、当分の入院が必要とのことです」

「そうか、ご苦労だった」

昨日のことを思い出し、ふざけた格好については不問にすることにした。

クリスマス当日の今日は、朝からスケジュールが詰まっている。忙しくはあるが、一晩雛子と過ごしたおかげで心身共に充実している。

分刻みの会議をこなし、いくつかのレセプションに招待客として参加する。忙しない一日はあっという間に過ぎ、年末進行のおかげでさらに増える仕事をあくせくこなし、気づけば数日が過ぎていた。


京極綾女がやってきたのは、年末休業に入る前日のことだった。

「お忙しいところ、申し訳ありません」

彼女が自ら持ってきたその書類には、氏家千鶴の告白が書かれていた。

現在も京極グループの病院に母親と共に入院しており、医師とのカウンセリングの中で、今回の事件の顛末《てんまつ》を語ったという。

氏家千鶴と常盤は三年ほどの付き合いだったらしい。五歳年下で外面のいい常盤に、彼女は相当貢いでいた。

氏家千鶴は、普通の女性がそう思うように、常盤と結婚することを夢見た。だが、昨日まで甘い言葉をささやいていた恋人から急に別れを告げられる。

実家のために、旧家の娘である雛子と結婚しなければならなくなった、と。

元々メンタルが不安定だった氏家千鶴はショックを受け、そのときに一時入院している。そして、その間に常盤は逮捕されたので、常盤の本性も、その後の経過も何も知らないままだったようだ。

いや、実際は知ることを拒否していたのかもしれない。

退院後、何も知らない彼女は雛子を探した。そして、ようやく見つけた雛子に声を掛け、自宅へ招くことに成功する。

最初は危害を加えようなどとは考えていなかったらしい。彼女があのとき告白したように、常盤に対してアピールするのが目的だった。

だが、クリスマスが近づき、幸せそうな雛子を見て、とうとう箍《たが》が外れたようだ。自分以外の女と楽しくクリスマスを迎える様子を想像したらしい。

資料を読み終え、改めて常盤隼人に腹が立つ。

こちらで調べたところ、常盤は彼女のほかにも何人かの交際相手がいて、同じように口説き、同じように貢がせていた。本当に、最低な男だ。

「彼女は今後も、引き続き京極がフォローします」

ソファに座っている綾女がきっぱりと言った。

「なぜそこまで？」

「あの後、雛子が頼みに来たので」

「雛子が？」

驚く自分に綾女が頷く。

雛子は最後まで悪いのはすべて常盤だと言っていたという。

「まあ、今回の事件のお陰で進展がありましたしね」

綾女が意味深に笑う。

「……きみと一矢のことは意外だった」

「そうですか？　雛子にもまったく同じことを言われましたわ」

綾女は艶《あで》やかに笑い、資料を残して出て行った。


ようやく雛子の顔を見られたのは、会社が冬休みに入った初日のこと。迎えに行くと、いつものように嬉しそうに出迎えてくれた。

すぐにでも抱きしめたくなる衝動を抑え、頬に軽くあいさつ程度のキスをする。もっと濃厚なキスはこの後で必ずする予定だ。

出かける支度をすっかり終えた雛子は、持っていた箱を差し出した。その箱は長方形をしていて、真っ赤なリボンがかかっている。

「これは？」

「例のクリスマスプレゼントのケーキです」

はいと差し出されて反射的に受け取ってしまったが、言葉に詰まってしまった。

ケーキだと？　あのイブの日に忘れたと嘆いていたケーキ？

「で、でも、あれは」

思わず言い淀《よど》むと、雛子もうんうんと頷いた。

「わたしも普通のケーキだと思っていたんですが、綾女に聞いたらこれはシュトーレンだって言うんです」

「……シュトーレン」

シュトーレンはドイツの菓子だ。ドライフルーツやナッツ、それからラム酒をふんだんに使い、クリスマスを待つ間に時間をかけて少しずつ食べるもの。スイスにいた頃は母も時々作っていた。

「ケーキにしては、お酒をいっぱい入れたのが不思議だったんですけど、日持ちさせるためなんですね。兄様にあげようとしたんですけど、まだ食べられるので、ぜひルカさんにって」

にっこりと笑う雛子の後ろで、一矢がニヤニヤと笑っている。

雛子の期待に満ちた目を見ながら、リボンを外して箱の中をちらりと覗くと、どす黒い物体が見えた。焦《こ》げ臭い匂いが鼻をつく。

シュトーレンと言えば白かった印象があるが、いったいどう作ればこんな色になるのだろう。思わず背すじがゾッとする。

だが、当然そんなことを悟らせてはいけない。雛子の嬉しそうな顔を見れば余計だ。

「兄様には綾女が作ったものを渡しますので、ご遠慮なさらずにどうぞ」

雛子が続けて言った瞬間、一矢の顔色があからさまに変わった。どうやらそれに関しては初耳だったようだ。

ざまあみろと思いながら、ケーキの箱を抱えなおし、雛子と手をつないだ。

「では、行こう」

「はい」

笑顔の雛子が自分を見上げた。

輝くほどに美しい大和撫子《やまとなでしこ》が、まもなく名実共に自分のものになる。この上ない幸せな気持ちに浸りながら、手に持っている箱の中身について考えた。

もしかしたら奇跡的にものすごく美味《おい》しくでき上がっているかもしれない。だが、これまでの話と実物の見た目から想像するに、その可能性は低そうだ。

何かの拍子でどこかに消えてしまわないだろうか。それとも秋生らに食べさせるか。

――そんなことを考えてしまったのも、雛子には一生の秘密だ。

ラッキーガール

いつも家族で過ごすお正月に、今年はルカさんが加わることになった。日本のお正月休みは短く、仕事がお忙しいルカさんは、スイスに帰るには時間が足りないそうだ。それを聞いた兄が、ルカさんを我が家にお誘いした。

いつの間にそんなに仲良くなったのか不思議だけれど、少しでもルカさんと一緒に過ごせるのであれば、わたしも本望というもの。異存はまったくない。

そうしてルカさんは大晦日《おおみそか》から我が家で過ごし、日本らしい年越しを体験した。

「お母様、早く」

「お待ちなさい。後少しだから」

先に着付けを終えた母が、ふくら雀《すずめ》に結んだ帯の形を整え、最後の帯締めをぎゅっと締めてくれた。

毎年そうするように、元旦は家族全員、着物を着て初詣《はつもうで》に行く。ルカさんがいらしている今年も例外ではない。

今日のために選んだ桃色の小紋は、振袖ほど派手ではないけれど、お正月らしい華やかさがある。

ルカさんに喜んでいただけるかしら。

はやる気持ちで、自分で編み込んだ髪に、クリスマスにルカさんからいただいた髪飾りを刺した。

「まあ、素敵ね」

母の声を聞きながら、鏡を覗いて角度を調整する。

ルカさんからいただいた髪飾りは、色鮮やかなちりめんの花とリボン、そしてパールまでついたとても可愛らしいものだ。

「変じゃない？」

後片付けをしている母に聞くと、呆れたように笑った。

「素敵って言ったじゃない。それよりも早く片付けましょう。ルカさんにもお待ちいただいているんだから」

そうだった！

急いで母を手伝い、ざっと片付けてから居間に向かった。

「やっと来たか」

すでに着替えをすませていた兄が言い、ソファに座っていたルカさんが立ち上がって迎えてくれた。

「雛子、すごくキレイだ」

「ありがとうございます。ルカさんも素敵です」

ルカさんは兄の着物を着ていた。着物自体はシックなものだけれど、それを着たルカさんは、お世辞ではなく、うっとりするほど素敵だった。まるでモデルみたい、と思う。

「本当に。良くお似合いよ」

母がそう言うと、珍しくルカさんが頬を赤くした。

「では行こうか」

父がそう言い、母が用意していた着物用のコートを来て家を出た。


元旦の午後、街には大勢の人が居た。五人とも着物姿のわたしたちが珍しいのか、行き交う人々にチラチラと見られる。そして、女性たちは全員間違いなくルカさんを見ていた。

着物姿でも、彼から発せられる戦士のオーラは変わらない。それが女性の目を引きつけずにはいられないらしい。

現に、彼の隣を歩いているわたしも、彼を見ずにはいられないのだから。ああ、本当になんて素敵な方なのだろう。

一人うっとりをしている間に、いつの間にか近所の神社に到着していた。

いつもは静かで閑散《かんさん》としている神社も、今日はかなりの混雑だ。初詣《はつもうで》の長い列に並び、少しずつ足を進める。わたしたちが並んだ後も続々と人は増え続け、まるで満員電車だ。

「雛子、大丈夫か？」

「はい。平気です」

わたしの帯がつぶれないように、ルカさんが背中に腕を回してくださった。なんてお優しいのかしらと内心で感激していると、隣に居た兄が言った。

「雛子、お前厄祓《やくばら》いしてもらえ」

「え？」

いきなり何を言うのかと顔を上げると、兄が真面目な顔でわたしを見た。

「そうね、お祓《はら》いしてもらった方がいいかも」

続けて母も言った。

「どうして？」

「去年のお前の所業を思い出せ。いったい何度トラブルにあってるんだ」

所業を思い出せって言われても。だいたい、去年後半の事件の数々は、一概にわたしだけのせいとは言えない。どうせなら、家族全員でお祓いしてもらった方がいいじゃないかと思ったけれど、とりあえず口に出すのは我慢した。

「お祓いなんて必要ないわ」

わたしがそう言うと、兄は不満顔になった。

「じゃあ、厄除《やくよ》けのお守りは絶対に買えよ」

お守りって強制されて買うものじゃないわ、と言いたかったけれど、まあそれくらいならと思い直した。

その後三十分ほど並んでようやく初詣をすませ、兄に急かされて厄除けのお守りを買った。それから、父と母が破魔矢《はまや》やお店に飾る熊手を見に行き、兄が知り合いにあいさつをしている間、ルカさんと一緒におみくじを引くことにした。

「では雛子から」

ルカさんに言われ、慎重におみくじの入った箱の中に手を入れた。じっくりと手を動かして一枚を選んで引く。続くルカさんは、さっと手を入れ、悩むことなく一枚引いた。

「今度はルカさんからどうぞ」

わたしが言うと、ルカさんが小さく折りたたまれたおみくじを開いた。細かい文字の日本語のせいかルカさんが眉間にしわを寄せる。

横から覗き込むようにおみくじを見ると、一番上に大吉の文字が……

「まあ、ルカさん！　大吉ですよ」

当然ながら書いてあることはどれもよいことばかりだ。

「おめでとうございます。今年はとてもいいことがありそうですね。わたしはどうかしら」

ウキウキと自分のおみくじを開いた。そこには……

「雛子はどうだった？」

「……凶《きょう》、です」

そう、凶だった。

待ち人来たらず、失せもの出ず。結婚、あきらめなさい、ときたもんだ。

「雛子、やっぱりオハライをしてもらった方がいいんじゃないか？」

「あ、あら、平気ですよ。悪いおみくじは結んでしまえばいいんです」

心配そうな顔のルカさんに笑いかけ、すぐ横にある結び処の木の枝におみくじを結び付けたその時、その枝がポキリと折れた。

「……あらら」

すかさず拾って、他の枝の隙間に差し込む。パッと見はまったくわからない、多分。

「大丈夫か？」

「大丈夫です、大丈夫。それに、お守りもありますから」

さらに心配げな顔になったルカさんに見せるため、お守りを入れた着物用のバッグの中を探る……が、出てこない。

「あら？」

「どうした？」

「……落としてしまったみたいです」

「何を？」

「お守り」

「…………」

二人して、向かい合ったまま無言になること十数秒。

「何をしてるんだ？」

戻ってきた兄に声を掛けられた。先に反応したのはルカさんだ。

「雛子が、おみくじで凶《きょう》を引いて、それを結んだ枝が折れて、買ったお守りをなくした」

ルカさん、そんな身も蓋《ふた》もなく事実だけを並べなくても。

案の定、それを聞いた兄が顔色を変える。

「今すぐお祓《はら》いだ」

「に、兄様ったら、そんな大袈裟《おおげさ》な」

わたしのささやかな抵抗虚しく、兄はわたしの腕を取ると、引きずるように拝殿に向かった。


結局、その後すぐに合流した両親にも説得され、渋々厄祓《やくばら》いを受けることになった。

せっかくルカさんとの初めての初詣《はつもうで》なのに、どうして一人で長い時間正座をするはめになったのか――

確かに、去年からのトラブルの数々は自分でも驚くほど運が悪いと思う。ルカさんと出会ったことで、運を全部使い果たしたのかしら？

長い祝詞《のりと》が終わり、最後にお札をいただいて厄祓いが終わった。深々と頭を下げて拝殿を出ると、出入り口でみんなが待っていた。

「これでようやく新年が迎えられそうだ」

父が朗らかに笑った。みんな満足気だけど、わたしはまだ微妙な気分だ。

「お母さんたちは先に帰るから、雛子はルカさんとゆっくりしたら？」

母が言い、久しぶりにルカさんと二人だけになれた。

手をつないで神社の中を歩き、屋台を見て回る。人のあまりいない裏側の祠《ほこら》にお参りをした後、

「もう一度お守りを買うか？」

と、まだ心配そうな顔をしてルカさんが言った。

なくしてしまったとはいえ、お守りって何度も買ってよいものだろうか。

「いいえ。お祓いもしていただきましたし、お札もありますので。それに」

顔を上げてルカさんを見た。

「それに？」

「大吉を引かれた、ルカさんのそばにいれば安心です。ずっと、一緒にいてくださるでしょう？」

「雛子」

つないでいた手に、ルカさんが力をこめた。

「ルカさんの幸運を、わたしにもわけてくださいね」

笑顔を向けたそのとき、ルカさんの青い目がきらりと光った気がした。そして、その顔がゆっくり近づいてくる。

「いくらでも」

唇のすぐ近くでささやく声は、重なった瞬間に消えた。

今年最初のキスは、ほんの数秒。

唇を離したルカさんが、ゆったりとわたしを抱きしめた。その腕は力強くて、きっとどんな禍《わざわい》からも守ってくれるだろう。

こんなに素敵な人と出会えたのだから、やっぱりわたしって最高に運がいい。このためなら、少しくらいのトラブルなんてへっちゃらだわ。

温かな胸に抱かれながら、改めて自分の幸運に感謝した。

——まあ、あのトラブルの数々を少しくらいと言えるかは、甚《はなは》だ疑問ではあるけれど。

恋のドライブは王様と
大好評連載中!
(毎月第四金曜日更新)
漫画:琴稀りん Rin Kotoki
原作:桜木小鳥 Kotori Sakuragi
手が止まってる
ちゃんと拭いて
はっはーい
一花 今日から車なんだろ?
送ってほしいところがあるから仕事が終わったら迎えにきてくれ
俺様御曹司とほんわかカフェ店員の
ちょっとえっちな ラブストーリー、
待望のコミック化!!
ETERNITY WEBMANGA
エタニティWEB漫画!
無料で読み放題!
他にも人気漫画が多数連載中!!
今すぐアクセス!
エタニティ Web漫画
検索

～大人のための恋愛小説レーベル～

ETERNITY
エタニティブックス

ココロもカラダも彼専属⁉

恋のドライブは王様と

エタニティブックス・赤

桜木小鳥

装丁イラスト／meco

カフェ店員の一花《いちか》のもとに客としてやってきた、キラキラオーラ満載の王子様。玉砕覚悟で告白したら、まさかのOKが！　だけどその返事が“ではつきあってやろう”って……この人、王子様じゃなくって、王様⁉　そしてその日から、一花の輝かしい家来生活（⁉）が始まった！　クールな御曹司とほんわかカフェ店員の、ちょっとえっちなハッピー・ラブストーリー！

※エタニティブックスは大人の女性のための恋愛小説レーベルです。ロゴマークの色で性描写の有無を判断することができます（赤・一定以上の性描写あり、ロゼ・性描写あり、白・性描写なし）。

詳しくは公式サイトにてご確認ください。
http://www.eternity-books.com/

携帯サイトはこちらから！

エタニティ文庫

エタニティ文庫・赤

ロマンティックを独り占め

桜木小鳥

装丁イラスト／黒枝シア

当麻依子は現在、同じ会社の超人気イケメン社員に片思い中。彼にとびきりのラブレターで想いを伝えることを夢見る毎日。そんな依子をいつもからかうのは、仏頂面のイジワル上司、市ノ瀬稜。すっごく苦手な人だったけど、ひょんなことから恋の手助けをしてくれることに！　ドキドキのラブレター作戦、一体どうなる!?

エタニティ文庫・赤

ロマンティックは似合わない

桜木小鳥

装丁イラスト／千川なつみ

有田七実は会社でも評判の『完璧』な女の子。だけど、その実態はズボラで勝気な毒舌娘。そんな七実のそばにいるのは、有田家が営む下宿屋の住人、高木慎哉。見た目はもっさり系、職業不明、挙動不審の彼だけど、ひょんなことから七実は彼の正体を知ることになり――。ドキドキばかりが恋じゃない？　いつも近くにいてくれた、優しい人とのラブストーリー。

※エタニティブックスは大人の女性のための恋愛小説レーベルです。ロゴマークの色で性描写の有無を判断することができます（赤・一定以上の性描写あり、ロゼ・性描写あり、白・性描写なし）。

詳しくは公式サイトにてご確認ください。
http://www.eternity-books.com/

携帯サイトはこちらから！

一見クールなお局様。だけど本当は恋愛小説が大好きなOL、三浦倫子。そんな彼女の前に、小説の中の王子様みたいに素敵な年下の彼が現れた！　……と思っていたら、彼はただの優しい王子様じゃなく、ちょっと強引でイジワルな一面もあって——!?
地味OLが猫かぶりな王子様に翻弄されちゃう乙女ちっくラブストーリー!

B6判　定価：640円+税　ISBN 978-4-434-17577-0

〜大人のための恋愛小説レーベル〜

ETERNITY
エタニティブックス

エタニティブックス・赤

里崎雅

コンプレックスの行き先は

装丁イラスト／兼守美行

ぽっちゃり体形がコンプレックスの葉月は、出会いはなくても、それなりに幸せなOL生活を送っていた。そんなある日、偶然中学の同級生、木田と再会する。イケメン営業マンになった木田は、かつて葉月のコンプレックスを刺激し、最悪な別れ方をした相手。思わず逃げ出すが、木田はなぜだか猛アプローチをしてきて……!?

エタニティブックス・赤

橘柚葉

恋活！

装丁イラスト／おんつ

最近とんでもなくツイてないＯＬの茜。そんな彼女はある日、占いで今年は不運の年だと告げられてしまった！　しかも逃れるには男をつくるしかない!?　そこで、茜は仲良しの同期に期間限定で偽の恋人役を頼み込む。ところが、演技とは思えないほどぐいぐい迫られちゃって——!?

エタニティブックス・赤

冬《とう》野《の》まゆ

秘書見習いの溺愛事情

装丁イラスト／あり子

高校時代に出会った、ハムスターを愛する優しい“王子様”。大企業の重役を務めるその彼が、何故か私を秘書見習いとして採用!?しかも事あるごとに甘くイジワルに翻弄してきて——。本性を現した〈ハムスター王子〉に捕獲寸前!?　思わぬギャップが織りなす、じれじれ溺愛ラブストーリー！

※エタニティブックスは大人の女性のための恋愛小説レーベルです。ロゴマークの色で性描写の有無を判断することができます（赤・一定以上の性描写あり、ロゼ・性描写あり、白・性描写なし）。

詳しくは公式サイトにてご確認ください。
http://www.eternity-books.com/

携帯サイトはこちらから！

甘く淫らな Noche ノーチェ 恋物語

フランチェスカ、早く、私を愛せ——

定価：本体1200円+税

囚われの女侯爵

著 文月蓮　イラスト 瀧順子

女だてらに騎士となり、侯爵位を継いでいるフランチェスカ。ある日、国境付近に偵察に出た彼女は、何者かの策略により、意識を失ってしまう。彼女を捕らえたのは、隣国フェデーレ公国の第二公子・アントーニオ。彼は夜毎フランを抱き、快楽の渦へと突き落とす——。ドラマティックラブストーリー！

陛下、私はお妃さまじゃありません！

定価：本体1200円+税

美味しく お召し上がりください、陛下

著 柊あまる　イラスト 大橋キッカ

娼館の娘・白蓮は、男女の性感を高める特殊な術の使い手。そんな彼女が若き皇帝・蒼龍に施術することになった。白蓮は、五百人もの妃が住まう後宮へ上がるが、なぜか蒼龍は妃ではなく、白蓮の身体を求めるようになって——？
異色の中華風ラブファンタジー！

詳しくは公式サイトにてご確認ください。

http://www.noche-books.com/

携帯サイトはこちらから！

桜木小鳥（さくらぎことり）
東京都在住。2005年よりWebサイト「楽園の小鳥」にて恋愛小説を発表。「ロマンティックにささやいて」にて出版デビューに至る。

イラスト：涼河マコト

いばら姫《ひめ》に最初《さいしょ》のキスを

桜木小鳥（さくらぎことり）

2015年2月28日初版発行

編集－城間順子・羽藤瞳
編集長－塙綾子
発行者－梶本雄介
発行所－株式会社アルファポリス
〒150-6005 東京都渋谷区恵比寿4-20-3 恵比寿ｶﾞｰﾃﾞﾝﾌﾟﾚｲｽﾀﾜｰ5F
TEL 03-6277-1601（営業） 03-6277-1602（編集）
URL http://www.alphapolis.co.jp/
発売元－株式会社星雲社
〒112-0012東京都文京区大塚3-21-10
TEL 03-3947-1021
装丁イラスト－涼河マコト
装丁デザイン－ansyyqdesign
印刷－中央精版印刷株式会社

価格はカバーに表示されてあります。
落丁乱丁の場合はアルファポリスまでご連絡ください。
送料は小社負担でお取り替えします。
©Kotori Sakuragi 2015.Printed in Japan
ISBN978-4-434-20327-5 C0093